睡到人间饭熟时

史铁生 等著

北京联合出版公司
Beijing United Publishing Co.,Ltd.

北京长江新世纪文化传媒有限公司
Changjiang New Century Culture and Media Ltd.Beijing
出品

目录

贰

却叹世上如侬有几人

光阴且向闲中过

肆

阅尽山河，不为世俗风尘所染

叁

人总爱那些轻松的日子

伍

人生少忧虑，生活才好玩

壹

光阴且向闲中过

茶一碗，酒一樽，熙熙天地一闲人

墙下短记

史铁生

一些当时看去不太要紧的事却能长久扎根在记忆里。它们一向都在那儿安睡，偶尔醒一下，睁眼看看，见你忙着（升迁或者遁世）就又睡去，很多年里它们轻得仿佛不在。

千百次机缘错过，终于一天又看见它们，看见时光把很多所谓人生大事消磨殆尽，而它们坚定不移固守在那儿，沉沉地有了无比的重量。比如一张旧日的照片，拍时并不经意，随手放在哪儿，多年中甚至不记得有它，可忽然一天整理旧物时碰见了它，拂去尘埃，竟会感到那是你的由来也是你的投奔；而很多郑重其事的留影，却已忘记是在哪儿和为了什么。

近些年我常常想起一道墙，碎砖头垒的，风可以吹落砖缝间的细土。那道墙很长，至少在一个少年看来是很长，很长之后拐了弯，拐进一条更窄的小巷里去。小巷的拐角处有一盏街灯，紧挨着往前是一个院门，那里住过我少年时的一个同窗好友。叫他 L 吧。

L 和我能不能永远是好友，以及我们打完架后是否又言归于好，都不重要，重要的是我们一度形影不离，流动不居的生命有一段就由这友谊铺筑成。

细密的小巷中，上学和放学的路上我们一起走，冬天和夏天，风声或蝉鸣，太阳到星空，十岁也许九岁的 L 曾对我说，他将来要娶班上一个（暂且叫她 M）女生做老婆。L 转身问我：“你呢，想和谁？”我准备不及，想想，觉得 M 确是漂亮。

L 说他还要挣很多钱。“干吗？”“废话，那时你还花你爸的钱呀？”少年之间的情谊，想来莫过于我们那时的无猜无防了。

我曾把一件珍爱的东西送给 L。一本连环画呢，还是一个什么玩具，已经记不清。可是有一天我们打了架，为什么打架也记不清了，但丝毫不忘的是：打完架，我又去找 L 要回了那件东西。

老实说，单我一个人是不敢去要的，或者也想不起去要。是几个当时也对 L 不大满意的伙伴指点我、怂恿我，拍着胸脯说他们甘愿随我一同前去讨还，再若犹豫就成了笨蛋兼而傻瓜。就去了。

走过那道很长很熟悉的墙，夕阳正在上面灿烂地照耀，但在我的记忆里，走到 L 家的院门时，巷角的街灯已经昏黄地亮了。这只可理解为记忆的作怪。

站在那门前，我有点儿害怕，身旁的伙伴便极尽动员和鼓励，提醒我：倘调〔掉〕头撤退，其卑鄙甚至超过投降。我不能推卸罪责给别人：跟 L 打架后，我为什么要把送给 L 东西的事告诉别人呢？指点和怂恿都因此发生。

我走进院中去喊 L，L 出来，听我说明来意，愣着看一会儿我，让我到大门外等着。L 背着他的母亲，从屋里拿出那件东西交在我手里，不说什么，就又走回屋去。结束总是非常简单，咔嚓一下就都过去。

我和几个同来的伙伴在巷角的街灯下分手，各自回家。他们看看我手上那件东西，好歹说一句“给他干吗”，声调和表情都失去来时的热度，失望甚或沮丧料想都不由于那件东西。

我独自贴近墙根往回走，那墙很长，很长而且荒凉，记忆在这儿又出了差误，好像还是街灯未亮、迎面的行人眉目不清的时候。

晚风轻柔得让人无可抱怨，但魂魄仿佛被它吹离，飘起在黄昏中再消失进那道墙里去。捡根树枝，边走边在那墙上轻划，砖缝间的细土一股股地垂流……咔嚓一下所送走的，都扎根进记忆去酿制未来的问题。

那很可能是我对于墙的第一种印象。随之，另一些墙也从睡中醒来。

几年前，有一天傍晚“散步”，我摇着轮椅走进童年时常于其间玩耍的一片胡同。其实一向都离它们不远，屡屡在其周围走过，匆忙得来不及进去看望。

记得那儿曾有一面红砖短墙，墙头插满锋利的碎玻璃碴儿，我们一群八九岁的孩子总去搅扰墙里那户人家的安宁，攀上一棵小树，扒着墙沿央告人家把我们的足球扔出来。

那面墙应该说藏得很是隐蔽，在一条死巷里，但可惜那巷口的宽度很适合做我们的球门。巷口外的一片空地是我们的球场，球难免是要踢向球门的，倘临门一脚踢飞，十之八九便降落到那面墙里去。

墙里是一户善良人家，飞来物在我们的央告下最多被扣压十分钟。但有一次，那足球学着篮球的样子准确投入墙内的面锅，待一群孩子又爬上小树去看时，雪白的面条热气腾腾全滚在煤灰里。正是所谓“三年困难时期”，足球事小，我们乘暮色抱头鼠窜。好几天后，我们由家长带领，以封闭“球场”为代价换回了那只足球。

条条小巷依旧，或者是更旧了。可能正是国庆期间，家家门上都插了国旗。变化不多，唯独那“球场”早被压在一家饭馆和一座公厕下面。“球门”对着饭馆的后墙，那户善良人家料必是安全得多了。

我摇着轮椅走街串巷，闲度国庆之夜。忽然又一面青灰色的墙叫我怦然心动，我知道，再往前去就是我的幼儿园了。青灰色的墙很高，里面有更高的树。树顶上曾有鸟窝，现在没了。到幼儿园去，必要经过这墙下，一俟见了这面高墙，退步回家的希望即告断灭。那青灰色几近一种严酷的信号，令童年分泌恐怖。

这样的“条件反射”确立于一个盛夏的午后，所以记得清楚，是因为那时的蝉鸣最为浩大。那个下午母亲要出长差，到很远的地方去。我最高的希望是她不去出差，最低的希望是我可以不去幼儿园，在家，不离开奶奶。但两份提案均遭否决，据哭力争亦不奏效。

如今想来，母亲是要在远行之前给我立下严明的纪律。哭声不停，母亲无奈地说带我出去走走。“不去幼儿园！”出门时我再次申明立场。母亲领我在街上走，沿途买些好吃的东西给我，形势虽然可疑，但看看走了这么久又不像是去幼儿园的路，我牵着母亲的长裙，心里略略地松坦。

可是！好吃的东西刚在嘴里有了味道，迎头又来了那面青灰色高墙，才知道条条小路相通。虽立刻大哭，料已无济于事。但一迈进幼儿园的门槛，哭喊即自行停止，心里明白没了依靠，唯规规矩矩做个好孩子是得救的方略。幼儿园墙内，是必度的一种“灾难”，抑或只因为这一个孩子天生地怯懦和多愁。

三年前我搬了家，隔窗相望就是一所幼儿园，常在清晨的懒睡中就听见孩子进园前的嘶嚎。我特意去那园门前看过，抗拒进园的孩子其壮烈都像宁死不屈，但一落入园墙便立刻吞下哭声，恐惧变成冤屈，泪眼望天，抱紧着对晚霞的期待。不见得有谁比我更能理解他们，但早早地对墙有一点儿感受，不是坏事。

我最记得母亲消失在那面青灰色高墙里的情景。她当然是绕过那面墙走上了远途的，但在我的印象里，她是走进那面墙里去了。没有门，但是母亲走进去了，在那些高高的树上蝉鸣浩大，在那些高高的树下母亲的身影很小，在我的恐惧里那儿即是远方。

坐在窗前，看远近峭壁一般林立的高墙和矮墙。我现在有很多时间看它们。有人的地方一定有墙。我们都在墙里。没有多少事可以放心到光天化日下去做。

规规整整的高楼叫人想起图书馆的目录柜，只有上帝可以去拉开每一个小抽屉，查阅亿万种心灵秘史，看见破墙而出的梦想都在墙的封护中徘徊。还有死神按期来到，伸手进去，抓阄儿似的摸走几个。

我们有时千里迢迢——汽车呀、火车呀、飞机可别一头栽下来呀——只像是为了去找一处不见墙的地方：荒原、大海、林莽甚至沙漠。但未必就能逃脱。墙永久地在你心里，构筑恐惧，也牵动思念。一只“飞去来器”，从墙出发，又回到墙。你千里迢迢地去时，鲁宾逊（鲁滨孙）正千里迢迢地回来。

意义的原因很可能是意义本身。干吗要有意义？干吗要有生命？干吗要有存在？干吗要有有？重量的原因是引力，引力的原因呢？又是重量。学物理的人告诉我：千万别把运动和能量，以及和时空分割开来理解。

我随即得了启发：也千万别把人和意义分割开来理解。不是人有欲望，而是人即欲望。这欲望就是能量，是能量就是运动，是运动就走去前面或者未来。

前面和未来都是什么和都是为什么？这必来的疑问使意义诞生，上帝便在第六天把人造成。上帝比靡菲斯特（引诱浮士德怠惰满足的魔鬼）更有力量，任何魔法和咒语都不能把这一天的成就删除。在这一天以后所有的光阴里，你逃得开某种意义，但逃不开意义，如同你逃得开一次旅行但逃不开生命之旅。

你不是这种意义，就是那种意义。什么意义都不是，就掉进昆德拉所说的“生命不能承受之轻”。你是一个什么呢？生命算是个什么玩意儿呢？轻得称不出一点儿重量你可就要消失。

我向L讨回那件东西，归途中的惶茫因年幼而无以名状，如今想来，分明就是为了一个“轻”字：珍宝转眼被处理成垃圾，一段生命轻得飘散了，没有了，以为是什么原来什么也不是，轻易、简单、灰飞烟灭。

一段生命之轻，威胁了生命全面之重，惶茫往灵魂里渗透：是不是生命的所有段落都会落此下场啊？人的根本恐惧就在这个“轻”字上，比如歧视和漠视，比如嘲笑，比如穷人手里作废的股票，比如失恋和死亡。轻，最是可怕。

要求意义就是要求生命的重量。各种重量。各种重量在撞墙之时被真正测量。但很多重量，在死神的秤盘上还是轻，秤砣平衡在荒诞的准星上。因而得有一种重量，你愿意为之生也愿意为之死，愿意为之累，愿意在它的引力下耗尽性命。

不是强言不悔，是清醒地从命。神圣是上帝对心魂的测量，是心魂被确认的重量。死亡光临时有一个仪式，灰和土都好，看往日轻轻地蒸发，但能听见，有什么东西沉沉地还在。不期还在现实中，只望还在美丽的位置上。我与L的情谊，可否还在美丽的位置上沉沉地有着重量？

不要熄灭破墙而出的欲望，否则鼾声又起。但要接受墙。

为了逃开墙，我曾走到过一面墙下。我家附近有一座荒废的古园，围墙残败但仍坚固，失魂落魄的那些岁月里，我摇着轮椅走到它跟前。四处无人，寂静悠久，寂静的我和寂静的墙之间，膨胀和盛开着野花，膨胀和盛开着冤屈。

我用拳头打墙，用石头砍它，对着它落泪、喃喃咒骂，但是它轻轻掉落一点儿灰尘再无所动。天不变道亦不变。老柏树千年一日伸展着枝叶，云在天上走，鸟在云里飞，风踏草丛，野草一代一代落子生根。

我转而祈求墙，双手合十，创造一种祷词或谶语，出声地诵念，求它给我死，要么还给我能走的腿……睁开眼，伟大的墙还是伟大地矗立，墙下呆坐一个不被神明过问的人。空旷的夕阳走来园中，若是昏昏地睡去，梦里常掉进一眼枯井，井壁又高又滑，喊声在井里嗡嗡碰撞而已，没人能听见，井口上的风中也仍是寂静的冤屈。

喊醒了，看看还是活着，喊声并没惊动谁，并不能惊动什么，墙上有青润的和干枯的苔藓，有蜘蛛细巧的网，死在半路的蜗牛身后拖一行鳞片似的脚印，有无名少年在那儿一遍遍记下的 3.1415926……

在这墙下，某个冬夜，我见过一个老人。记忆和印象之间总要闹出一些麻烦：记忆说未必是在这墙下，但印象总是把记忆中的那个老人搬来，真切地在这墙下。

雪后，月光朦胧，车轮吱吱叽叽轧着雪路，是园中唯一的声响。这么走着，听见一缕悠沉的箫声远远传来，在老柏树摇落的雪雾中似有似无，尚不能识别那曲调时已觉其悠沉之音恰好碰住我的心绪。侧耳屏息，听出是《苏武牧羊》。

曲终，心里正有些凄怆，忽觉墙影里一动，才发现一个老人背壁盘腿端坐在石凳上，黑衣白发，有些玄虚。雪地和月光，安静得也似非凡。竹箫又响，还是那首流放绝地、哀而不死的咏颂。原来箫声并不传自远处，就在那老人唇边。也许是气力不济，也许是这古曲一路至今光阴坎坷，箫声若断若续并不高亢，老人颤颤的吐纳之声亦可悉闻。

一曲又尽，老人把箫管轻横腿上，双手摊放膝头，看不清他是否闭目。我惊诧而至感激，一遍遍听那箫声和箫声断处的空寂，以为是天喻或是神来引领。

那夜的箫声和老人，多年在我心上，但猜不透其引领指向何处。仅仅让我活下去似乎用不着这样神秘。直到有一天我又跟那墙说话，才听出那夜箫声是唱着“接受”，接受天命的限制。（达摩的面壁是不是这样呢？）接受残缺。接受苦难。接受墙的存在。哭和喊都是要逃离它，怒和骂都是要逃离它，恭维和跪拜还是想逃离它。

我常常去跟那墙谈话，对，说出声，默想不能逃离它时就出声地责问，也出声地请求、商量，所谓软硬兼施。但毫无作用，谈判必至破裂，我的一切条件它都不答应。墙，要你接受它，就这么一个意思反复申明，不卑不亢，直到你听见。直到你不是更多地问它，而是听它更多地问你，那谈话才称得上谈话。

我一直在写作，但一直觉得并不能写成什么，不管是作品还是作家还是主义。用笔和用电脑，都是对墙的谈话，是如衣食住行一样必做的事。

搬家搬得终于离那座古园远了，不能随便就去，此前就料到会怎样想念它，不想最为思恋的竟是那四面矗立的围墙；年久无人过问，记得那墙头的残瓦间长大过几棵小树。但不管何时何地，一闭眼，即刻就到那墙下。

寂静的墙和寂静的我之间，野花膨胀着花蕾，不尽的路途在不尽的墙间延展，有很多事要慢慢对它谈，随手记下谓之写作。

我的母亲

老舍

母亲的娘家是在北平德胜门外，土城儿外边，通大钟寺的大路上的一个小村里。村里一共有四五家人家，都姓马。大家都种点不十分肥美的土地，但是与我同辈的兄弟们，也有当兵的，做木匠的，做泥水匠的和当巡察的。他们虽然是农家，却养不起牛马，人手不够的时候，妇女便也须下地做活。

对于姥姥家，我只知道上述的一点。外公外婆是什么样子，我就不知道了，因为他们早已去世。至于更远的族系与家史，就更不晓得了；穷人只能顾眼前的衣食，没有功夫谈论什么过去的光荣："家谱"这字眼，我在幼年就根本没有听说过。

母亲生在农家，所以勤俭诚实，身体也好。这一点事实却极重要，因为假若我没有这样的一位母亲，我之为我恐怕也就要大大地打个折扣了。

母亲出嫁大概是很早，因为我的大姐现在已是六十多岁的老太婆，而我的大甥女还长我一岁啊。我有三个哥哥，四个姐姐，但能长大成人的，只有大姐，二姐，三哥与我。我是“老”儿子。生我的时候，母亲已四十一岁，大姐二姐已都出了阁。

由大姐与二姐所嫁入的家庭来推断，在我生下之前，我的家里，大概还马马虎虎的过得去。那时候订婚讲究门当户对，而大姐丈是做小官的，二姐丈也开过一间酒馆，他们都是相当体面的人。

可是，我，我给家庭带来了不幸：我生下来，母亲晕过去半夜，才睁眼看见她的老儿子——感谢大姐，把我揣在怀里，致未冻死。

一岁半，我把父亲“克”死了。兄不到十岁，三姐十二三岁，我才一岁半，全仗母亲独力抚养了。父亲的寡姐跟我们一块儿住，她吸鸦片，她喜摸纸牌，她的脾气极坏。为我们的衣食，母亲要给人家洗衣服，缝补或裁缝衣裳。在我的记忆中，她的手终年是鲜红微肿的。白天，她洗衣服，洗一两大绿瓦盆。她做事永远丝毫也不敷衍，就是屠户们送来的黑如铁的布袜，她也给洗得雪白。晚间，她与三姐抱着一盏油灯，还要缝补衣服，一直到半夜。她终年没有休息，可是在忙碌中她还把院子、屋中收拾得清清爽爽。桌椅都是旧的，柜门的铜活久已残缺不全，可是她的手老使破桌面上没有尘土，残破的铜活发着光。院中，父亲遗留下的几盆石榴与夹竹桃，永远会得到应有的浇灌与爱护，年年夏天开许多花。

哥哥似乎没有同我玩耍过。有时候，他去读书；有时候，他去学徒；有时候，他也去卖花生或樱桃之类的小东西。母亲含着泪把他送走，不到两天，又含着泪接他回来。我不明白这都是什么事，而只觉得与他很生疏。与母亲相依为命的是我与三姐。因此，她们做事，我老在后面跟着。她们浇花，我也张罗着取水；她们扫地，我就撮土……从这里，我学得了爱花，爱清洁，守秩序。这些习惯至今还被我保存着。

有客人来，无论手中怎么窘，母亲也要设法弄一点东西去款待。舅父与表哥们往往是自己掏钱买酒肉食，这使她脸上羞得飞红，可是，殷勤地给他们温酒做面，又给她一些喜悦。遇上亲友家中有喜丧事，母亲必把大褂洗得干干净净，亲自去贺吊——份礼也许只是两吊小钱。到如今为我的好客的习性，还未全改，尽管生活是这么清苦，因为自幼儿看惯了的事情是不易改掉的。

姑母时常闹脾气。她单在鸡蛋里找骨头。她是我家中的阎王。直到我入中学，她才死去，我可是没有看见母亲反抗过。“没受过婆婆的气，还不受大姑子的吗？命当如此！”母亲在非解释一下不足以平服别人的时候，才这样说。是的，命当如此。母亲活到老，穷到老，辛苦到老，全是命当如此。她最会吃亏。给亲友邻居帮忙，她总跑在前面：她会给婴儿洗三——穷朋友们可以因此少花一笔“请姥姥”钱——她会刮痧，她会给孩子们剃头，她会给少妇们绞脸……凡是她能做的，都有求必应。但是，吵嘴打架，永远没有她。她宁吃亏，不斗气。当姑母死去的时候，母亲似乎把一世的委屈都哭了出来，一直哭到坟地。不知道哪里来的一位侄子，声称有承继权，母亲便一声不响，教他搬走那些破桌烂板凳，而且把姑母养的一只肥肉鸡也送给他。

可是，母亲并不软弱。父亲死在庚子闹“拳”的那一年。联军入城，挨家搜索财物鸡鸭，我们被搜两次。母亲拉着哥哥与三姐坐在墙根，等着“鬼子”进门，街门是开着的。“鬼子”进门，一刺刀先把老黄狗刺死，而后入室搜索，他们走后，母亲把破衣箱搬起，才发现了我。假若箱子不空，我早就被压死了。皇上跑了，丈夫死了，鬼子来了，满城是血光火焰，可是母亲不怕，她要在刺刀下，饥荒中，保护着儿女。北平有多少变乱啊，有时候兵变了，街市整条地烧起，火团落在我们院中；有时候内战了，城门紧闭，铺店关门，昼夜响着枪炮。这惊恐，这紧张，再加上一家饮食的筹划，儿女安全的顾虑，岂是一个软弱的老寡妇所能受得起的？可是，在这种时候，母亲的心横起来，她不慌不哭，要从无办法中想出办法来。她的泪会往心中落！这点软而硬的性格，也传给了我。我对一切人与事，都取和平的态度，把吃亏当作当然的。但是，在做人上，我有一定的宗旨与基本的法则，什么事都可将就，而不能超过自己画好的界限。我怕见生人，怕办杂事，怕出头露面；但是到了非我去不可的时候，我便不敢不去，正像我的母亲。从私塾到小学，到中学，我经历过起码有二十位教师吧，其中有给我很大影响的，也有毫无影响的，但是我的真正的教师，把性格传给我的，是我的母亲。母亲并不识字，她给我的是生命的教育。

当我在小学毕了业的时候，亲友一致地愿意我去学手艺，好帮助母亲。我晓得我应当去找饭吃，以减轻母亲的勤劳困苦。可是，我也愿意升学。我偷偷地考入了师范学校——制服，饭食，书籍，宿处，都由学校供给。只有这样，我才敢对母亲说升学的话。入学，要交十元的保证金，这是一笔巨款！母亲作了半个月的难，把这巨款筹到，而后含泪把我送出门去。她不辞劳苦，只要儿子有出息。当我由师范毕业，而被派为小学校校长，母亲与我都一夜不曾合眼。我只说了句：“以后，您可以歇一歇了！”她的回答只有一串串的眼泪。我入学之后，三姐结了婚。母亲对儿女都是一样疼爱的，但是假若她也有点偏爱的话，她应当偏爱三姐，因为自父亲死后，家中一切的事情都是母亲和三姐共同撑持的。三姐是母亲的右手，但是母亲知道这右手必须割去，她不能为自己的便利而耽误了女儿的青春。当花轿来到我们的破门外的时候，母亲的手就和冰一样的凉，脸上没有血色——那是阴历四月，天气很暖，大家都怕她晕过去。可是，她挣扎着，咬着嘴唇，手扶着门框，看花轿徐徐地走去。不久，姑母死了。三姐已出嫁，哥哥不在家，我又住学校，家中只剩母亲自己。她还须自早至晚的操作，可是终日没人和她说一句话。新年到了，正赶上政府倡用阳历，不许过旧年。除夕，我请了两小时的假，由拥挤不堪的街市回到清炉冷灶的家中。母亲笑了。及至听说我还须回校，她愣住了。半天，她才叹出一口气来。到我该走的时候，她递给我一些花生，“去吧，小子！”街上是那么热闹，我却什么也没看见，泪遮迷了我的眼。今天，泪又遮住了我的眼，又想起当日孤独地过那凄惨的除夕的慈母。可是，慈母不会再候盼着我了，她已入了土！

儿女的生命是不依顺着父母所投下的轨道一直前进的，所以老人总免不了伤心。我廿三岁，母亲要我结婚，我不要。我请来三姐给我说情，老母含泪点了头。我爱母亲，但是我给了她最大的打击。时代使我成为逆子。廿七岁，我上了英国。为了自己，我给六十多岁的老母以第二次打击。在她七十大寿的那一天，我还远在异域。那天，据姐姐们后来告诉我，老太太只喝了两口酒，很早地便睡下。她想念她的幼子，而不便说出来。

“七七”抗战后，我由济南逃出来。北平又像庚子那年似的被鬼子占据了，可是母亲日夜惦念的幼子却跑到西南来。母亲怎样想念我，我可以想象得到，可是我不能回去。

每逢接到家信，我总不敢马上拆看，我怕，怕，怕，怕有那不祥的消息。人，即使活到八九十岁，有母亲便可以多少还有点孩子气。失了慈母便像花插在瓶子里，虽然还有色有香，却失去了根。有母亲的人，心里是安定的。我怕，怕，怕家信中带来不好的消息，告诉我已是失去了根的花草。

去年一年，我在家信中找不到关于老母的起居情况。我疑虑，害怕。我想象得到，如有不幸，家中念我流亡孤苦，或不忍相告。母亲的生日是在九月，我在八月半写去祝寿的信，算计着会在寿日之前到达。信中嘱咐千万把寿日的详情写来，使我不再疑虑。十二月二十六日，由文化劳军大会上回来，我接到家信。我不敢拆读。就寝前，我拆开信，母亲已去世一年了！

生命是母亲给我的。我之能长大成人，是母亲的血汗灌养的。我之能成为一个不十分坏的人，是母亲感化的。我的性格、习惯，是母亲传给的。她一世未曾享过一天福，临死还吃的是粗粮！唉！还说什么呢？心痛！心痛！

孤独的生活

萧红

蓝色的电灯，好像通夜也没有关，所以我醒来一次看看墙壁是发蓝的，再醒来一次，也是发蓝的。天明之前，我听到蚊虫在帐子外面嗡嗡嗡嗡地叫着，我想，我该起来了，蚊虫都吵得这样热闹了。

收拾了房间之后，想要做点什么事情这点，日本与我们中国不同，街上虽然已经响着木屐的声音，但家屋仍和睡着一般地安静。我拿起笔来，想要写点什么，在未写之前必得要先想，可是这一想，就把所想的忘了！

为什么这样静呢？我反倒对着这安静不安起来。

于是出去，在街上走走，这街也不和我们中国的一样，也是太静了，也好像正在睡觉似的。

于是又回到了房间，我仍要想我所想的：在席子上面走着，吃一根香烟，喝一杯冷水，觉得已经差不多了，坐下来吧！写吧！

刚刚坐下来，太阳又照满了我的桌子。又把桌子换了位置，放在墙角去，墙角又没有风，所以满头流汗了。

再站起来走走，觉得所要写的，越想越不应该写，好，再另计划别的。

好像疲乏了似的，就在席子上面躺下来，偏偏帘子上有一个蜂子飞来，怕它刺着我，起来把它打跑了。刚一躺下，树上又有一个蝉开头叫起。蝉叫倒也不算奇怪，但只一个，听来那声音就特别大，我把头从窗子伸出去，想看看，到底是在哪一棵树上？可是邻人拍手的声音，比蝉声更大，他们在笑了。我是在看蝉，他们一定以为我是在看他们。

于是穿起衣裳来，去吃中饭。经过华的门前，她们不在家，两双拖鞋摆在木箱上面。她们的女房东，向我说了一些什么，我一个字也不懂，大概也就是说她们不在家的意思。日本食堂之类，自己不敢去，怕人看成个阿墨林。所以去的是中国饭馆，一进门那个戴白帽子的就说：

“伊拉瞎伊麻丝……”

这我倒懂得，就是“来啦”的意思。既然坐下之后，他仍说的是日本话，于是我跑到厨房去，对厨子说了：要吃什么，要吃什么。

回来又到华的门前看看，还没有回来，两双拖鞋仍摆在木箱上。她们的房东又不知向我说了些什么！

晚饭时候，我没有去寻她们，出去买了东西回到家里来吃，照例买的面包和火腿。

吃了这些东西之后，着实是寂寞了。外面打着雷，天阴得混混沉沉的了。想要出去走走，又怕下雨，不然，又是比日里还要长的夜，又把我留在房间里了。终于拿了雨衣，走出去了，想要逛逛夜市，也怕下雨，还是去看华吧！一边带着失望一边向前走着，结果，她们仍是没有回来，仍是看到了两双拖鞋，仍是听到了那房东说了些我所不懂的话语。

假若，再有别的朋友或熟人，就是冒着雨，我也要去找他们，但实际是没有的。只好照着原路又走回来了。

现在是下着雨，桌子上面的书，除掉《水浒》，还有一本胡风译的《山灵》，《水浒》我连翻也不想翻，至于《山灵》，就是抱着我这一种心情来读，有意义的书也读坏了。

雨一停下来，穿着街灯的树叶好像萤火似的发光，过了一些时候，我再看树叶时那就完全漆黑了。

雨又开始了，但我的周围仍是静的，关起了窗子，只听到屋瓦滴滴地响着。

我放下了帐子，打开蓝色的电灯，并不是准备睡觉，是准备看书了。

读完了《山灵》上《声》的那篇，雨不知道已经停了多久了？那已经哑了的权龙八，他对他自己的不幸，并不正面去惋惜，他正是为着铲除这种不幸才来干这样的事情的。

已经哑了的丈夫，他的妻来接见他的时候，他只把手放在嘴唇前面摆来摆去，接着他的脸就红了，当他红脸的时候，我不晓得那是什么心情激动了他。还有，他在监房里读着速成国语读本的时候，他的伙伴都想要说：“你话都不会说，还学日文干什么！”

在他读的时候，他只是听到像是蒸气从喉咙漏出来的一样。恐怖立刻浸着了他，他慌忙地按了监房里的报知机，等他把人喊了来，他又不说什么，只是在嘴的前面摇着手。所以看守骂他：“为什么什么也不说呢？混蛋！”

医生说他是“声带破裂”，他才晓得自己一生也不会说话了。

我感到了蓝色灯光的不足，于是开了那只白灯泡，准备再把《山灵》读下去。我的四面虽然更静了，等到我把自己也忘掉了时，好像我的周围也动荡了起来。

天还未明，我又读了三篇。

寻常茶话

汪曾祺

我对茶实在是个外行。茶是喝的，而且喝得很勤，一天换三次叶子。每天起来第一件事，便是烧水，沏茶。但是毫不讲究，对茶叶不挑剔。青茶、绿茶、花茶、红茶、沱茶、乌龙茶，但有便喝。茶叶多是别人送的，喝完了一筒，再开一筒。喝完了碧螺春，第二天就可以喝蟹爪水仙。但是不论什么茶，总得是好一点的。太次的茶叶，便只好留着煮茶叶蛋。《北京人》里的江泰认为喝茶只是“止渴生津利小便”，我以为还有一种功能，是提神。《陶庵梦忆》记闵老子茶，说得神乎其神。我则有点像董日铸（董懋策），以为“浓、热、满三字尽得茶理”。我不喜欢喝太烫的茶，沏茶也不爱满杯。我的家乡论为客人斟茶斟酒：“酒要满，茶要浅”，茶斟得太满是对客人不敬，甚至是骂人。于是就只剩下一个字：浓。我喝茶是喝得很酽的。曾在机关开会，有女同志尝了我的一口茶，说是“跟药一样”。

我读小学五年级那年暑期，我的祖父不知怎么忽然高了兴，要教我读书。“穿堂”的右侧有两间空屋。里间是佛堂，挂了一幅丁云鹏画的佛像，佛的袈裟是朱红的。佛像下，是一尊乌斯藏铜佛。我的祖母每天早晚来烧一炷香。外间本是个贮藏室，房梁上挂着干菜，干的棕叶，靠墙有一坛“臭卤”，面筋、百叶、笋头、苋菜秸都放在里面“臭”。临窗设一方桌，便是我的书桌。祖父每天早晨来讲《论语》一章，剩下的时间由我自己写大小字各一张。大字写《圭峰碑》，小字写《闲邪公家传》，都是祖父从他的藏帖里拿来给我的。隔日作文一篇，还不是正式的八股，是一种叫作“义”的文体，只是解释《论语》的内容。题目是祖父出的。我共做了多少篇“义”，已经不记得了。只记得有一题是“孟子反不伐义”。

祖父生活俭省，喝茶却颇考究。他是喝龙井的，泡在一个深栗色的扁肚子的宜兴砂壶里，用一个细瓷小杯倒出来喝。他喝茶喝得很酽，喝一口，还得回味一下。

他看看我的字、我的“义”；有时会另拿一个杯子，让我喝一杯他的茶，真香。从此我知道龙井好喝，我的喝茶浓酽，跟小时候的熏陶也有点关系。

后来我到了外面，有时喝到龙井茶，会想起我的祖父，想起孟子反。

我的家乡有“喝早茶”的习惯，或者叫作“上茶馆”。

上茶馆其实是吃点心，包子、蒸饺、烧麦、千层糕……茶自然是要喝的。在点心未端来之前，先上一碗干丝。我们那里原先没有煮干丝，只有烫干丝。干丝在一个敞口的碗里堆成塔状，临吃，堂倌把装在一个茶杯里的佐料——酱油、醋、麻油浇入。喝热茶，吃干丝，一绝！

抗日战争时期，我在昆明住了七年，几乎天天泡茶馆。“泡茶馆”是西南联大学生特有的说法。本地人叫作“坐茶馆”，“坐”，本有消磨时间的意思，“泡”则更胜一筹。这是从北京带过去的一个字，“泡”者，长时间地沉溺于其中也，与“穷泡 ”“泡蘑菇”的“泡”是同一语源。联大学生在茶馆里往往一泡就是半天。干什么的都有，聊天、看书、写文章。有一位教授在茶馆里读梵文。有一位研究生，可称泡茶馆的冠军。此人姓陆，是一怪人。他曾经徒步旅行了半个中国，读书甚多，而无所著述，不爱说话。他简直是“长”在茶馆里。上午、下午、晚上，要一杯茶，独自坐着看书。他连漱洗用具都放在一家茶馆里，一起来就到茶馆里洗脸刷牙。听说他后来流落到四川，穷困潦倒而死，悲夫！

昆明茶馆里卖的都是青茶，茶叶不分等次，泡在盖碗里。文林街后来开了一家“摩登”茶馆，用玻璃杯卖绿茶、红花——滇红、滇绿。滇绿色如生青豆，滇红色似“中国红”葡萄酒，茶味都很厚。滇红尤其经泡，三开之后，还有茶色。我觉得滇红比祁（门）红、英（德）红都红，这也许是我的偏见。当然比斯里兰卡的“利普顿”要差一些——有人喝不来“利普顿”，说是味道很怪。人之好恶，不能勉强。

我在昆明喝过烤茶。把茶叶放在粗陶的烤茶罐里，放在炭火上烤得半焦，倾入滚水，茶香扑人。几年前在大理街头看到有烤茶罐卖，犹豫一下，没有买。买了，放在煤气灶上烤，也不会有那样的味道。

一九四六年冬，开明书店在绿杨邨请客。饭后，我们到巴金先生家喝功夫茶。几个人围着浅黄色的老式圆桌，看陈蕴珍（萧珊）“表演”：濯器、炽炭、注水、淋壶、筛茶。每人喝了三小杯。我第一次喝功夫茶，印象深刻。这茶太酽了，只能喝三小杯。在座的除巴金先生夫妇，有靳以、黄裳。一转眼，四十三年了。靳以、萧珊都不在了。巴老衰病，大概没有喝一次功夫茶的兴致了。那套紫砂茶具大概也不在了。

我在杭州喝过一杯好茶。

一九四七年春，我和几个在一个中学教书的同事到杭州去玩。除了“西湖景”，使我难忘的有两样方物，一是醋鱼带把。所谓“带把”，是把活草鱼的脊肉剔下来，快刀切为薄片，其薄如纸，浇上好秋油，生吃。鱼肉发甜，鲜脆无比。我想这就是中国古代的“切脍”。一是在虎跑喝的一杯龙井。真正的狮峰龙井雨前新芽，每蕾皆一旗一枪，泡在玻璃杯里，茶叶皆直立不倒，载浮载沉，茶色颇淡，但入口香浓，直透脏腑，真是好茶！只是太贵了。一杯茶，一块大洋，比吃一顿饭还贵。狮峰茶名不虚传，但不得虎跑水不可能有这样的味道。我自此方知道，喝茶，水是至关重要的。

我喝过的好水有昆明的黑龙潭泉水。骑马到黑龙潭，疾驰之后，下马到茶馆里喝一杯泉水泡的茶，真是过瘾。泉就在茶馆檐外地面，一个正方的小池子，看得见泉水咕嘟咕嘟往上冒。井冈山的水也很好，水清而滑。有的水是“滑”的，“温泉水滑洗凝脂”并非虚语。井冈山水洗被单，越洗越白；以泡“狗牯脑”茶，色味俱发，不知道水里含了什么物质。天下第一泉、第二泉的水，我没有喝出什么道理。济南号称泉城，但泉水只能供观赏，以之泡茶，不觉得有什么特点。

有些地方的水真不好。比如盐城。盐城真是“盐城”，水是咸的，中产以上人家都吃“天落水”。下雨天，在天井上方张了布幕，以接雨水，存在缸里，备烹茶用。最不好吃的水是菏泽，菏泽牡丹甲天下，因为菏泽土中含碱，牡丹喜碱性土。我们到菏泽看牡丹，牡丹极好，但茶没法喝。不论是青茶、绿茶，沏出来一会儿就变成红茶了，颜色深如酱油，入口咸涩。由菏泽往梁山。住进招待所后，第一件事便是赶紧用不带碱味的甜水沏一杯茶。

老北京早起都要喝茶，得把茶喝“通”，这一天才舒服。无论贫富，皆如此。一九四八年我在午门历史博物馆工作。馆里有几位看守员，岁数都很大了。他们上班后，都是先把带来的窝头片在炉盘上烤上，然后轮流用水氽坐水沏茶。茶喝足了，才到午门城楼的展览室里去坐着。他们喝的都是花茶。

北京人爱喝花茶，以为只有花茶才算是茶（北京很多人把茉莉花叫作“茶叶花”）。我不太喜欢花茶，但好的花茶例外，比如老舍先生家的花茶。

老舍先生一天离不开茶。他到莫斯科开会，苏联人知道中国人爱喝茶，倒是特意给他预备了一个热水壶。可是，他刚沏了一杯茶，还没喝上几口，一转脸，服务员就给倒了。老舍先生很愤慨地说：“他妈的！他不知道中国人喝茶是一天喝到晚的！”一天喝茶喝到晚，也许只有中国人如此。外国人喝茶都是论“顿”的，难怪那位服务员看到多半杯茶放在那里，以为老先生已经喝完了，不要了。

龚定庵以为碧螺春天下第一。我曾在苏州东山白勺“雕花楼”喝过一次新采的碧螺春。“雕花楼”原是一个华侨富商的住宅，楼是进口的硬木造的，到处都雕了花，八仙过海、福禄寿三星、龙、凤、牡丹……真是集恶俗之大成。但碧螺春真是好。不过茶是泡在大碗里的，我觉得这有点煞风景。后来问陆文夫，文夫说碧螺春就是讲究用大碗喝的。茶极细，器很粗，亦怪！

我还在湖南桃源喝过一次擂茶。茶叶、老姜、芝麻、米，加盐放在一个擂钵里，用硬木的擂棒“擂”成细末，用开水冲开，便是擂茶。

菜可入馔，制为食品。杭州有龙井虾仁，想不恶。裘盛戎曾用龙井茶包饺子，可谓别出心裁。日本有茶粥。《俳人的食物》说俳人小聚，食物极简单，但“唯茶粥一品，万不可少”。茶粥是啥样的呢？我曾用粗茶叶煎汁，加大米熬粥，自以为这便是“茶粥”了。有一阵子，我每天早起喝我所发明的茶粥，自以为很好喝。四川的樟茶鸭子乃以柏树枝、樟树叶及茶叶为熏料，吃起来有茶香而无茶味。曾吃过一块龙井茶心的巧克力，这简直是恶作剧！用上海人的话说：巧克力与龙井茶实在完全“弗搭界”。

北平的春天

周作人

北平的春天似乎已经开始了，虽然我还不大觉得。立春已过了十天，现在是七九六十三的起头了，布衲摊在两肩，穷人该有欣欣向荣之意。光绪甲辰即一九〇四年小除那时我在江南水师学堂曾作一诗云：

“一年倏就除，风物何凄紧。百岁良悠悠，向日催人尽。既不为大椿，便应如朝菌。一死息群生，何处问灵蠢。”

但是第二天除夕我又作了这样一首云：

“东风三月烟花好，凉意千山云树幽。冬最无情今归去，明朝又得及春游。”

这诗是一样的不成东西，不过可以表示我总是很爱春天的。春天有什么好呢，要讲他的力量及其道德的意义，最好去查盲诗人爱罗先珂的抒情诗的演说，那篇世界语原稿是由我笔录，译本也是我写的，所以约略都还记得，但是这里誊录自然也更可不必了。春天的是官能的美，是要去直接领略的，关门歌颂一无是处，所以这里抽象的话暂且割爱。

且说我自己的关于春的经验，都是与游有相关的。古人虽说以鸟鸣春，但我觉得还是在别方面更感到春的印象，即是水与花木。迂阔地说一句，或者这正是活物的根本的缘故罢。小时候，在春天总有些出游的机会，扫墓与香市是主要的两件事，而通行只有水路，所在又多是山上野外，那么这水与花木自然就不会缺少的。香市是公众的行事，禹庙南镇香炉峰为其代表；扫墓是私家的，会稽的乌石头调马场等地方至今在我的记忆中还是一种代表的春景。庚子年三月十六日的日记云：

> “晨坐船出东郭门，挽纤行十里，至绕门山，今称东湖，为陶心云先生所创修，堤计长二百丈，皆植千叶桃垂柳及女贞子各树，游人颇多。又三十里至富盛埠，乘兜轿过市行三里许，越岭，约千余级。山中映山红牛郎花甚多，又有蕉藤数株，着花蔚蓝色，状

如豆花，结实即刀豆也，可入药。路旁皆竹林，竹萌之出土者粗于碗口而长仅二三寸，颇为可观。忽闻有声如鸡鸣，阁阁然，山谷皆响，问之轿夫，云系雉鸡叫也。又二里许过一溪，阔数丈，水没及骭，舁者乱流而渡，水中圆石颗颗，大如鹅卵，整洁可喜。行三四里至墓所，松柏夹道，颇称闳壮。方祭时，小雨簌簌落衣袂间，幸即晴霁。下山午餐，下午开船。将进城门，忽天色如墨，雷电并作，大雨倾注，至家不息。”

旧事重提，本来没有多大意思，这里只是举个例子，说明我春游的观念而已。我们本是水乡的居民，平常对于水不觉得怎么新奇，要去临流赏玩一番，可是生平与水太相习了，自有一种情分，仿佛觉得生活的美与悦乐之背景里都有水在，由水而生的草木次之，禽虫又次之。我非不喜禽虫，但它总离不了草木，不但是吃食，也实是必要的寄托，盖即使以鸟鸣春，这鸣也得在枝头或草原上才好，若是雕笼金锁，无论怎样地鸣得起劲，总使人听了索然兴尽也。

话休烦絮。到底北平的春天怎么样了呢？老实说，我住在北京和北平已将二十年，不可谓不久矣，对于春游却并无什么经验。妙峰山虽热闹，尚无暇瞻仰，清明郊游只有野哭可听耳。北平缺少水气，使春光减了成色，而气候变化稍剧，春天似不曾独立存在，如不算它是夏的头，亦不妨称为冬的尾，总之风和日暖让我们著了单袷可以随意徜徉的时候真是极少，刚觉得不冷就要热了起来了。不过这春的季候自然还是有的。第一，冬之后明明是春，且不说节气上的立春也已过了。第二，生物的发生当然是春的证据，牛山和尚诗云，春叫猫儿猫叫春，是也。人在春天却只是懒散，雅人称曰春困，这似乎是别一种表示。所以北平到底还是有它的春天，不过太慌张一点了，又欠腴润一点，叫人有时来不及尝它的味儿，有时尝了觉得稍枯燥了，虽然名字还叫作春天，但是实在就把它当作冬的尾，要不然便是夏的头，反正这两者在表面上虽差得远，实际上对于不大承认它是春天原是一样的。

我倒还是爱北平的冬天。春天总是故乡的有意思，虽然这是三四十年前的事，现在怎么样我不知道。至于冬天，就是三四十年前的故乡的冬天我也不喜欢：那些手脚生冻瘃，半夜里醒过来像是悬空挂着似的上下四旁都是冷气的感觉，很不好受，在北平的纸糊过的屋子里就不会有的。在屋里不苦寒，冬天便有一种好处，可以让人家做事，手不僵冻，不必炙砚呵笔，于我们写文章的人大有利益。北平虽几乎没有春天，我并无什么不满意，盖吾以冬读代春游之乐久矣。

刹　那

朱自清

我所谓“刹那”，指“极短的现在”而言。

在这个题目下面，我想略略说明我对于人生的态度。现在人说到人生，总要谈它的意义和价值；我觉得这种“谈”是没有意义与价值的。

且看古今多少哲人，他们对于人生，都曾试作解人，议论纷纷，莫衷一是；他们“各思以其道易天下”，但是谁肯真个信从呢？——他们只有自慰自驱罢了！

我觉得人生的意义与价值横竖是寻不着的——至少现在的我们是如此，而求生的意志却是人人都有的。既然求生，当然要求好好的生。如何求好好的生，是我们各人“眼前的”最大的问题；而全人生的意义与价值却反是大而无当的东西，尽可搁在一旁，存而不论。因为要求好好的是生，断不能用总解决的办法；若用总解决的办法，便是“好好的”三个字的意义，也尽够你一生的研究了，而“好好的生”终于不能努力去求的！这不是走入了牛角湾里去了吗？

要求好好的生，须零碎解决，须随时随地去体会我生“相当的”意义与价值；我们所要体会的是刹那间的人生，不是上下古今东西南北的全人生！

着眼于全人生的人，往往忘记了他自己现在的生活。他们或以为人生的意义与价值在于过去；时时回顾从前的黄金时代，涎垂三尺！而不知他们所回顾的黄金时代，实是传说的黄金时代！——就是真有黄金时代，区区的回顾又岂能将它招回来呢？他们又因为念旧的情怀，往往将自己的过去任情扩大，加以点染，作为回顾的资料，惆怅的因由。这种人将在惆怅、惋惜之中度了一生，永没有满足的现在——一刹那也没有！惆怅惋惜常与彷徨相伴；他们将彷徨一生而无一刹那的成功的安息！这是何等的空虚呀。

着眼于全人生的，或以为人生的意义与价值在于将来，时时等待将来的奇迹。而将来的奇迹真成了奇迹，永不降临于笼着手，踮着脚，伸着颈，只知道“等待”的人！他们事事都等待“明天”去做，“今天”却专为作为等待之用；自然地，到了明天，又须等待明天的明天了。这种人到死的一日，将还留着许许多多明天“要”做的事——只好来生再做了吧！他们以将来自驱，在徒然的盼望里送了一生，成功的安慰不用说是没有的，于是也没有满足的一刹那！“虚空的虚空”便是他们的运命了！

这两种人的毛病，都在远离了现在——尤其是眼前的一刹那。

着眼于现在的人未尝没有。自古所谓“及时行乐”，正是此种。但重在行乐，容易流于纵欲；结果偏向一端，仍不能得到健全的、谐和的发展——仍不能得着好好地生！

况且所谓“及时行乐”，往往“醉翁之意不在酒”；不过借此掩盖悲哀，并非真正在行乐。杨恽说：“人生行乐耳，须富贵何时？”明明是不为而厌世的话。这都是消极的！消极的行乐，虽属及时，而意别有所寄，所以便不能认真做去，所以便不能体会行乐的一刹那的意义与价值——虽然行乐，不满足还是依然，甚至变本加厉呢！

欧洲的颓废派，自荒于酒色，以求得刹那间官能的享乐为满足；在这些时候，他们见着美丽的幻想，认识了自己。他们的官能虽较从前人敏锐多多，但心情与纵欲的及时行乐的人正是大同小异。他们觉到现世的苦痛，已至忍无可忍的时候，才用颓废的办法，以求暂时的遗忘；正如糖面金鸡纳霜丸一般，面子上一点甜，里面却到心都是苦呀！友人某君说，颓废便是慢性的自杀，实能道出这一派的精微处。

总之，无论行乐派，颓废派，深浅虽有不同，却都是“伤心人别有怀抱”，他们有意或无意的企图“生之毁灭”。这是求生意志消极的表现；这种表现当然不能算是好好的生了。他们面前的满足安慰他们的力量，决不抵他们背后的不满足压迫他们的力量；他们终不能解脱自己，仅足使自己沉沦得更深而已!

他们所认识的自己，只是被苦痛压得变形了的，虚空的自己；决不是充实的生命，决不是的！所以他们虽着眼于现在，而实未体会现在一刹那的生活的真味；他们不曾体会着一刹那的意义与价值，仍只是白辜负他们的刹那的存在！

我们目下第一不可离开的现在，第二还应执着现在。我们应该深入现在的里面，用两只手揿牢它，愈牢愈好！已往的人生如何的美好，或如何的乏味而可憎；已往的我生如何的可珍惜，或如何的可厌弃，“现在”都可不必去管它，因为过去的已“过去”了——孔子岂不说“往者不可谏”吗？

将来的人生与我生，也应作如是观；无论是有望，是无望，是绝望，都还是未来的事，何必空空地担心呢？要晓得“现在”是最容易明白的；“现在”虽不是最好，却是最可努力的地方，就是我们总能管的地方。因为是最能管的，所以是最可爱的。

古尔孟曾以葡萄喻人生：说早晨还酸，傍晚又太熟了，最可口的是正午时摘下的。这正午的一刹那，是最可爱的一刹那，便是现在。

事情已过，追想是无用的；事情未来，预想是无用的；只有在事情正来的时候，我们可以把捉它，发展它，改正它，补充它：使它健全，谐和，成为完满的一段落，一历程。

历程的满足，给我们相当的欢喜。譬如我来此演讲，在讲的一刹那，我只专心致志地讲；决不想及演讲以前吃饭、看书等事，也不想及演讲以后发表讲稿、毁誉等事。——我说我所爱说的，说一句是一句，都是我心里的话。我说完一句时，心里便轻松了一些，这就是相当的快乐了。这种历程的满足，便是我所谓“我生相当的意义与价值”，便是“我们所能体会的刹那间的人生”。

无论您对于全人生有如何的见解，这刹那间的意义与价值总是不可埋没的。您若说人生如电光泡影，则刹那便是光的一闪，影的一现。这光影虽是暂时的存在，但是有不是无，是实在不是空虚；这一闪一现便是实现，也便是发展——也便是历程的满足。

您若说人生是不朽的，刹那的生当然也是不朽的。您若说人生向着死亡之路，那么，未死前的一刹那总是生，总值得好好地体会一番的；何况未死前还有无量数的刹那呢？

您若说人生是无限的，好，刹那也就可说是无限的，无论怎样说，刹那总是有的，总是真的；刹那间好好的生总可以体会的。

好了，不要再思前想后的了，就尽力做什么吧；最好的是 -ing，可宝贵的 -ing 呀！你们要努力满足“此时此地此我”！这叫作“三此”，又叫作刹那。

言尽于此，相信我的，不要再想，赶快去做你今晚的事吧；不相信的，也不要再想，赶快去做你今晚的事吧！

天真与经验

梁遇春

天真和经验好像是水火不相容的东西。我们常以为只有什么经验也没有的小孩子才会天真，他那位饱历沧桑的爸爸是得到经验，而失掉天真了。可是，天真和经验实在并没有这样子不共戴天，它们俩倒很常是聚首一堂。英国最伟大的神秘诗人勃来克著有两部诗集：《天真的歌》（*Songs of Innocence*）同《经验的歌》（*Songs of Experience*）。

在《天真的歌》里，他无忧无虑地信口唱出晶莹甜蜜的诗句，他简直是天真的化身，好像不晓得世上是有龌龊的事情的。然而在《经验的歌》里，他把人情的深处用简单的词句表现出来，真是找不出一个比他更有世故的人了，他将伦敦城里扫烟囱小孩子的穷苦，娼妓的厄运说得辛酸凄迷，可说是看尽人间世的烦恼。可是他始终仍然是那么天真，他还是常常亲眼看见天使；当他的工作没有做得满意时候，他就同他的妻子双双跪下，向上帝祈祷。

他快死的前几天，那时他结婚已经有四十五年了，一天，他看着他的妻子，忽然拿起铅笔叫道："别动！在我眼里你一向是一个天使，我要把你画下。"他就立刻画出她的相貌。这是多么天真的举动。尖酸刻毒的斯惠夫特写信给他那两位知心的女人时候，的确是十足的孩子气，谁去念 *The Journal to Stella* 这部书信集，也不会想到写这信的人就是 *Gulliver's Travels* 的作者。斯蒂芬生在他的小品文集《贻青年少女》（*Virginibus Puerisque*）中，说了许多世故老人的话，尤其是对于婚姻，讲有好些叫年轻的爱人们听着会灰心的冷话。但是他却没有失丢了他的童心，他能够用小孩子的心情去叙述海盗的故事，他又能借小孩子的口气，著出一部《小孩的诗园》（*A Child's Garden of Verses*），里面充满着天真的空气，是一本儿童文学的杰作。可见确然吃了知识的果，还是可以在乐园里逍遥到老。我们大家并不是个个人都像亚当先生那么不幸。

也许有人会说，这班诗人们的天真是装出来的，最少总有点做作的痕迹，不能像小孩子的天真那么浑脱自然，毫无机心。但是，我觉得小孩子的天真是靠不住的，好像个很脆的东西，经不起现实的接触。并且当他们才发现出人情的险诈同世路的崎岖时候，他们会非常震惊，因此神经过敏地以为世上除开计较得失利害外是没有别的东西的，柔嫩的心或者就这么麻木下去，变成个所谓值得父兄赞美的少年老成人了。

他们从前的天真是出于无知，值不得什么赞美的，更值不得我们欣羡。桌子是个一无所知的东西，它既不晓得骗人，更不会去骗人，为什么我们不去颂扬桌子的天真呢？小孩子的天真跟桌子的天真并没有多大的分别。至于那班已坠世网的人们的天真就大不同了。

他们阅历尽人世间的纷扰，经过了许多得失哀乐，因为看穿了鸡虫得失的无谓，又知道在太阳底下是难逢笑口的，所以肯将一切利害的观念丢开，来任口说去，任性做去，任情去欣赏自然界的快乐。他们以为这样子痛快地活着才是值得的。他们把机心看作是无谓的虚耗，自然而然会走到忘机的境界了。他们的天真可说是被经验锻炼过了，仿佛在八卦炉里蹲过，做成了火眼金睛的孙悟空。人世的波涛再也不能将他们的天真卷去，他们真是“世路如今已惯，此心到处悠然”，这种悠然的心境既然成为习惯，习惯又成天然，所以他们的天真也是浑脱一气，没有刀笔的痕迹的。这个建在理智上面的天真绝非无知的天真所可比拟的，从无知的天真走到这个超然物外的天真，这就全靠着个人的生活艺术了。

忽然记起我自己去年的生活了，那时我同 G 常作长夜之谈。有一晚电灯灭后，蜡烛上时，我们搓着睡眼，重新燃起一斗烟来，就谈着年轻人所最爱谈的题目——理想的女人。

我们不约而同地说道最可爱的女子是像卖解，女优，歌女等这班风尘人物里面的痴心人。她们流落半生，看透了一切世态，学会了万般敷衍的办法，跟人们好似是绝不会有情的，可是若使她们真真爱上了一个情人，她们的爱情比一般的女子是强万万倍的。她们不像没有跟男子接触过的女子那样盲目，口是心非的甜言蜜语骗不了她们，暗地皱眉的热烈接吻瞒不过她们的慧眼，她们一定要得到了个一往情深的爱人，才肯来永不移情地心心相托。

她们对于爱人所以会这么苛求，全因为她们自己是恳挚万分。至于那班没有经验的女子，她们常常只听到几句无聊的卿卿我我，就以为是了不得了，她们的爱情轻易地结下，将来也就轻易地勾销，这哪里可以算作生生死死的深情。不出闺门的女子只有无知，很难有颠扑不破的天真，同由世故的熔炉里铸炼出来的热情。数十年来我们把女子关在深闺里，不给她们一个得到经验的机会，既然没有经验来锻炼，她们当然不容易有个强毅的性格，我们又来怪她们的杨花水性，说了许多浑话，这真是太冤枉了。我们把无知误解作天真，不晓得从经验里突围而出的天真才是可贵的，因此上造了这九洲大错，这又要怪谁呢?

没有尝过穷苦的人们是不懂得安逸的好处的，没有感到人生的寂寞的人们是不能了解爱的价值的，同样地，未曾有过经验的孺子是不知道天真之可贵的。小孩子一味天真，糊糊涂涂地过日，对于天真并未曾加以认识，所以不能作出天真的诗歌来，笨大的爸爸们尝遍了各种滋味，然后再洗涤俗虑，用锻炼过后的赤子之心来写诗歌，却作出最可喜的儿童文学，在这点上就可以看出人世的经验对于我们是最有益的东西了。

老年人所以会和蔼可亲也是因为他们受过了经验的洗礼。必定要对于人世上万物万事全看淡了，然后对于一二件东西的留恋才会倍见真挚动人。宋诗里常有这种意境，欧阳永叔的“棋罢不知人换世，酒阑无奈客思家”同苏长公的“存亡惯见浑无泪，乡井难忘尚有心”全能够表现出这种依依的心情。虽然把人世存亡全置之度外，漠然不动于衷。但是对于客子的思家同自己的多愁仍然是有些牵情。这种怅惘的情怀是多么清新可喜，我们读起来觉得比处处留情的才子们的滥情是高明得多，这全因为他们的情绪受过了一次蒸馏。从经验里出来的天真会那么带着诗情也是为着同样的缘故。

蔼里斯在他的杰作《性的心理的研究》第六卷里说道：“就说我们承认看着裸体会激动了热情，这个激动还是好的，因为它引起我们的一种良好习惯，自制。为着恐怕有些东西对于我们会有引诱的能力，就赶紧跑到沙漠去住，这也可说是一种可怜的道德了。我们应当知道在文化当中故意去创造出一个沙漠来包围自己，这种举动是比别的要更坏得多了。我们无法去丢热情，即使我们有这个决心；何尔巴哈说得好，理智是教人这样拣择正当的热情，教育是教人们怎样把正当的热情种植培养在人心里面。观看裸体有一个精神上的价值，那可以教我们学会去欣赏我们没有占有着的东西，这个教训是一切良好的社会生活的重要预备训练：小孩子应当学到看见花，而不想去采它；男人应当学到看见一个女人的美，而不想占有她。”我们所说的天真常是躲在沙漠里，远隔人世的引诱这类的天真。经验陶冶后的天真是见花不采，看到美丽的女人，不动枕席之念的天真。

人世是这么百怪千奇，人命是这样他生未卜，这个千载一时的看世界机会实在不容错过，绝不可误解了天真意味，把好好的人儿囚禁起来，使他草草地过了一生，并没有尝到做人的意味，而且也不懂得天真的真意了。这种活埋的办法绝非上帝造人的本意，上帝是总有一天会跟这班刽子手算账的。我们还是别当刽子手好罢，何苦手上染着女人小孩子的血呢！

谈抽烟

朱自清

有人说，“抽烟有什么好处？还不如吃点口香糖，甜甜的，倒不错。”不用说，你知道这准是外行。口香糖也许不错，可是喜欢的怕是女人孩子居多，男人很少赏识这种玩意儿的，除非在美国，那儿怕有些个例外。一块口香糖得咀嚼老半天，还是嚼不完，凭你怎么斯文，那朵颐的样子，总遮掩不住，总有点儿不雅相。这其实不像抽烟，倒像衔橄榄。你见过衔着橄榄的人？腮帮子上凸出一块，嘴里不时地滋儿滋儿的。抽烟可用不着这么费劲，烟卷儿尤其省事，随便一叼上，悠然地就吸起来，谁也不来注意你。抽烟说不上是什么味道，勉强说，也许有点儿苦吧。但抽烟的不稀罕那“苦”而稀罕那“有点儿”。他的嘴太闷了，或者太闲了，就要这么点儿来凑个热闹，让他觉得嘴还是他的。嚼一块口香糖可就太多，甜甜的，够多腻味，而且有了糖也许便忘记了“我”。

抽烟其实是个玩意儿。就说抽卷烟吧，你打开匣子或罐子，抽出烟来，在桌上顿几下，衔上，擦洋火，点上。这其间每一个动作都带股劲儿，像做戏一般。自己也许不觉得，但到没有烟抽的时候，便觉得了。那时候你必然闲得无聊，特别是两只手，简直没放处。再说那吐出的烟，袅袅地缭绕着，也够你一回两回地捉摸，它可以领你走到顶远的地方去。——即便在百忙当中，也可以让你轻松一忽儿。所以老于抽烟的人，一叼上烟，真能悠然遐想。他霎时间是个自由自在的身子，无论他是靠在沙发上的绅士，还是蹲在台阶上的瓦匠。有时候他还能够叼着烟和人说闲话，自然有些含含糊糊的，但是可喜的是那满不在乎的神气。这些大概也算是游戏三昧吧。

好些人抽烟，为的有个伴儿。譬如说一个人单身住在北平，和朋友在一块儿，倒是有说有笑的，回家来，空屋子像水一样。这时候他可以摸出一支烟抽起来，借点儿暖气。黄昏来了，屋子里的东西只剩些轮廓，暂时懒得开灯，也可以点上一支烟，看烟头上的火一闪一闪的，像亲密的低语，只有自己听得出。要是生气，也不妨迁怒一下，使劲儿吸他十来口。客来了，若你倦了说不得话，或者找不出可说的，干坐着岂不着急？这时候最好拈起一支烟将嘴堵上等你对面的人。若是他也这么办，便尽时间在烟子里爬过去。各人抓着一个新伴儿，大可以盘桓一会的。

从前抽水烟旱烟，不过一种不伤大雅的嗜好，现在抽烟却成了派头。抽烟卷儿指头黄了，由它去。用烟嘴不独麻烦，也小气，又跟烟隔得那么老远的。今儿大褂上一个窟窿，明儿坎肩上一个，由他去。一支烟里的尼古丁可以毒死一个小麻雀，也由它去。总之，蹩蹩扭扭的，其实也还是个“满不在乎”罢了。烟有好有坏，味有浓有淡，能够辨味的是内行，不择烟而抽的是大方之家。

奇趣乃时有

张恨水

“莲花灯，莲花灯，今儿个点了明儿个扔。”在阴历七月十五的这一天，在北平大小胡同里，随处可以听到儿童们这样唱着。这里，我们就可以谈谈莲花灯。

莲花灯，并不是一盏莲花式样的灯，但也脱离不了莲花。它是将彩纸剪成莲花瓣儿，再用这莲花儿瓣，糊成各种灯，大概是兔子、鱼、仙鹤、螃蟹之类。这个风俗，不知所由来，我相信这是最初和尚开盂兰会闹的花样，后来流传到了民间。在七月初，庙会和市场里就有这种纸灯挂出来卖，小孩买了再放着。到了七月十五，天一黑，就点上蜡烛亮着。撑起来向胡同里跑，小朋友们不期而会，总是一大群唱着。人类总是不平等的，这成群的小朋友里，买不起莲花灯的，还有的是。他们有个聊以解嘲的办法，找一片鲜荷叶，上面胡乱插上两根佛香，也追随在玩灯的小朋友之后。这一晚，足可以“起哄”两三小时。但到七月十六，小孩子就不再玩了。家长并没有叮嘱过他们，他们的灯友，也没有什么君子协定，可是到了次日，都要扔掉。北平社会的趣味，就在这里，什么日子，有个什么应景的玩意，过时不候。若莲花灯能玩个十天半个月，那就平凡了。

为了北平人的“老三点儿”，吃一点儿，喝一点儿，乐一点儿，就无往不造成趣味，趣味里面就带有一种艺术性，北平之使人留恋就在这里。于是我回忆到南都，虽说是卖菜佣都带有六朝烟水气，其实现在已寻不着了。纵然有一点，海上来的欧化气味，也把这风韵吞噬了，而况这六朝烟水气还完全是病态的。就说七月十五烧包袱祭祖，这已不甚有趣味，而城北新住宅区，就很少见。秦淮河里放河灯，未建都以前，照例有一次，而以后也已废除，倒是东西门的老南京，依然还借了祭祖这个机会，晚餐可以饱啖一顿。二十五年（一九三六年）的中元节，有人约我向南城去吃祭祖饭，走到夫子庙，兴尽了，我没去。这晚月亮很好，被两三个朋友拖住，驾一叶之扁舟，溯河东上（秦淮西流），直把闹市走尽，在一老河柳的荫下，把船停着，雪白的月亮，照着南岸十竹疏林，间杂些瓜棚菜圃，离开了歌舞场，离开了酒肆茶楼，离开了电化世界，倒觉耳目一新。从前是“蒋山青，秦淮碧”，于今是秦淮黑，但到这里水纵然不碧，却也不黑，更不会臭。水波不兴的上流头，漂来很零落的几盏红绿荷叶灯，似乎前面有人家作佛事将完。但眼看四处无人，虫声唧唧，芦丛柳荫之间，仿佛有点鬼趣，引出我心里一种说不出的滋味。

第二年的中元节，我避居上新河，乡下人烧纸，大家全怕来了警报，不免各捏一把汗。又想起前一年孤舟之游秦淮，是人间天上了。于今呢？却又让我回忆着上新河！

市声拾趣

张恨水

我也走过不少的南北码头，所听到的小贩吆唤声，没有任何一地能赛过北平的。北平小贩的吆唤声，复杂而谐和，无论其是昼是夜，是寒是暑，都能给予听者一种深刻的印象。虽然这里面有部分是极简单的，如“羊头肉”“肥卤鸡”之类。可是他们能在声调上，助字句之不足。至于字句多的，那一份优美，就举不胜举，有的简直是一首歌谣，例如夏天卖冰酪的，他在胡同的绿槐荫下，歇着红木漆的担子，手扶了扁担，吆唤着道：“冰激凌，雪花酪，桂花糖，搁的多，又甜又凉又解渴。”这就让人听着感到趣味了。又像秋冬卖大花生的，他喊着：“落花生，香来个脆啦，芝麻酱的味儿啦。”这就含有一种幽默感了。

也许是我们有点主观，我们在北平住久了的人，总觉得北平小贩的吆唤声，很能和环境适合，情调非常之美。

如现在是冬天，我们就说冬季了，当早上的时候，黄黄的太阳，穿过院树落叶的枯条，晒在人家的粉墙上，胡同的犄角儿上，兀自堆着大大小小的残雪。这里很少行人，两三个小学生背着书包上学，于是有辆平头车子，推着一个木火桶，上面烤了大大小小二三十个白薯，歇在胡同中间。小贩穿了件老羊毛背心儿，腰上来了条板带，两手插在背心里，喷着两条如云的白气，站在车把里叫道："噢……热啦……烤白薯啦……又甜又粉，栗子味。"当你早上在大门外一站，感到又冷又饿的时候，你就会因这种引诱，要买他几大枚白薯吃。

在北平住家稍久的人，都有这么一种感觉，卖硬面饽饽的人极为可怜，因为他总是在深夜里出来。当那万籁俱寂、漫天风雪的时候，屋子外的寒气，像尖刀那般割人。这位小贩，却在胡同遥远的深处，发出那漫长的声音："硬面……饽饽哟……"我们在暖温的屋子里，听了这声音，觉得既凄凉，又惨厉，像深夜钟声那样动人，你不能不对穷苦者给予一个充分的同情。

其实，市声的大部分，都是给人一种喜悦的，不然，它也就不能吸引人了。例如：炎夏日子，卖甜瓜的，他这样一串的吆唤着："哦！吃啦甜来一个脆，又香又凉冰激凌的味儿。吃啦，嫩藕似的苹果青脆甜瓜啦！"在碧槐高处一蝉吟的当儿，这吆唤是够刺激人的。因此，市声刺激，北平人是有着趣味的存在，小孩子就喜欢学，甚至借此凑出许多趣话。例如卖蚀的，他吆喝着第一句是“钝开锅”。声音洪亮，极像大花脸唱倒板，于是他们就用纯土音编了一篇戏词来唱：“钝开锅……自己称面自己和，自己剁馅自己包，虾米香菜又白饶。吆唤了半天，一个子儿没卖着，没留神啰丢了我两把勺。”因此，也可以想到北平人对于小贩吆唤声的趣味之浓了。

贰

却叹世上如侬有几人

既是浮云，何必执着。平静、安康、快乐，才是令人愉快的

男　人

梁实秋

男人令人首先感到的印象是脏！当然，男人当中亦不乏刷洗干净洁身自好的，甚至还有油头粉面衣裳楚楚的，但大体讲来，男人消耗肥皂和水的数量要比较少些。

某一男校，对于学生洗澡是强迫的，入浴签名，每周计核，对于不曾入浴的初步惩罚是宣布姓名，最后的断然处置是定期强迫入浴，并派员监视，然而日久玩生，签名簿中尚不无浮冒情事。

有些男人，西装裤尽管挺直，他的耳后脖根，土壤肥沃，常常宜于种麦！袜子手绢不知随时洗涤，常常日积月累，到处塞藏，等到无可使用时，再从那一堆污垢存货当中拣选比较干净的去应急。

有些男人的手绢，拿出来硬像是土灰面制的百果糕，黑糊糊黏成一团，而且内容丰富。

男人的一双脚，多半好像是天然的具有泡菜霉干菜再加糖蒜的味道，所谓“濯足万里流”是有道理的，小小的一盆水确是无济于事，然而多少男人却连这一盆水都吝而不用，怕伤元气。

两脚既然如此之脏，偏偏有些“逐臭之夫”喜于脚上藏垢纳污之处往复挖掘，然后嗅其手指，引以为乐！多少男人洗脸都是专洗本部，边疆一概不理，洗脸完毕，手背可以不湿，有的男人是在结婚后才开始刷牙。“扪虱而谈”的是男人。

还有更甚于此者，曾有人当众搔背，结果是从袖口里面摔出一只老鼠！除了不可挽救的脏相之外，男人的脏大概是由于懒。

对了！男人懒。他可以懒洋洋坐在旋椅上，五官四肢，连同他的脑筋（假如有），一概停止活动，像呆鸟一般：“不闻夫博弈者乎……”那段话是专对男人说的。

他若是上街买东西，很少时候能令他的妻子满意，他总是不肯多问几家，怕跑腿，怕费话，怕讲价钱。什么事他都嫌麻烦，除了指使别人替他做事，他像残废人一样，对于什么事都愿坐享其成，而名之曰“室家之乐”。他提前养老，至少提前三二十年。

紧毗连着“懒”的是“馋”。男人大概有好胃口的居多。

他的嘴，用在吃的方面的时候多，他吃饭时总要在菜碟里发现至少一英寸见方半英寸厚的肉，才能算是没有吃素。

几天不见肉，他就喊“嘴里要淡出鸟儿来！”，若真个三月不知肉味，怕不要淡出毒蛇猛兽来！有一个人半年没有吃鸡，看见了鸡毛帚就流涎三尺。

一餐盛馔之后，他的人生观都能改变，对于什么都乐观起来。

一个男人在吃一顿好饭的时候，他脸上的表情硬是在感谢上天待人不薄；他饭后衔着一根牙签，红光满面，硬是觉得可以骄人。

主中馈的是女人，修食谱的是男人。

男人多半自私。

他的人生观中有一基本认识，即宇宙一切均是为了他的舒适而安排下来的。

除了在做事赚钱的时候不得不忍气吞声地向人奴膝婢颜，他总是要做出一副老爷相。

他的家便是他的国度，他在家里称王。

除了为赚钱而吃苦努力，他是一个“伊比鸠派”，他要享受。

他高兴的时候，孩子可以骑在他的颈上，他引颈受骑，他可以像狗似的满地爬；他不高兴时，他看着谁都不顺眼，在外面受了闷气，回到家里来加倍地发作。

他不知道女人的苦处。

女人对于他的殷勤委屈，在他看来，就如同犬守户、鸡司晨一样的稀松平常，都是自然现象。

他说他爱女人，其实他不是爱，是享受女人，他不问他给了别人多少，但是他要在别人身上尽量榨取。

他觉得他对女人最大的恩惠，便是把赚来的钱全部或一部分拿回家来，但是当他把一卷卷的钞票从衣袋里掏出来的时候，他的脸上的表情是骄傲的成分多，亲爱的成分少，好像是在说："看我！你行吗？我这样待你，你多幸运！"他若是感觉到这家不复是他的乐园，他便有多样的借口不回到家里来。

他到处云游，他另辟乐园。

他有聚餐会，他有酒会，他有桥会，他有书会画会棋会，他有夜会，最不济的还有个茶馆。他的享乐的方法太多，假如轮回之说不假，下世侥幸依然投胎为人，很少男人情愿下世做女人的。

他总觉得这一世生为男身，而享受未足，下一世要继续努力。

"群居终日，言不及义"，原是人的通病，但是言谈的内容，却男女有别。

女人谈的往往是"我们家的小妹又病了！""你们家每月开销多少？"之类。

男人的是另一套，普遍的方式，男人的谈话，最后不谈到女人身上便不会散场。

这一个题目对男人最有兴味。

如果有一个桃色案他们唯恐其和解得太快。他们好议论人家的隐私，好批评别人的妻子的性格相貌。

“长舌男”是到处有的，不知为什么这名词尚不甚流行。

女　人

梁实秋

有人说女人喜欢说谎。假如女人所捏撰的故事都能抽取版税，便很容易致富。这问题在什么叫作说谎。若是运用小小的机智，打破眼前小小的窘僵，获取精神上小小的胜利，因而牺牲一点点真理，这也可以算是说谎，那么，女人确是比较地富于说谎的天才。

有具体的例证。

你没有陪过女人买东西吗？尤其是买衣料，她从不干干脆脆地说要做什么衣，要买什么料，准备出多少钱。她必定要东挑西拣，翻天覆地，同时口中念念有词，不是嫌这匹料子太薄，就是怪那匹料子花样太旧，这个不禁洗，那个不禁晒，这个缩头大，那个门面窄，批评得人家一文不值。

其实，满不是这么一回事，她只是嫌价码太贵而已！

如果价钱便宜，其他的缺点全都不成问题，而且本来不要买的也要购储起来。

一个女人若是因为炭贵而不生炭盆，她必定对人解释说：“冬天生炭盆最不卫生，到春天容易喉咙痛！”

屋顶渗漏，塌下盆大的灰泥，在未修补之前，女人便会向人这样解释：“我预备在这地方安装电灯。”

自己上街买菜的女人，常常只承认散步和呼吸新鲜空气是她上市的唯一理由。

艳羡汽车的女人常常表示她最厌恶汽油的臭味。

坐在中排看戏的女人常常说前排的头等座位最不舒适。

一个女人馈赠别人，必说：“实在买不到什么好的……”其实这东西根本不是她买的，是别人送给她的。

一个女人表示愿意陪你去上街走走，其实是她顺便要买东西。

总之，女人总欢喜拐弯抹角的，放一个小小的烟幕，无伤大雅，颇占体面。这也是艺术，王尔德不是说过“艺术即是说谎”吗？这些例证还只是一些并无版权的谎话而已。

女人善变，多少总有些哈姆雷特式，拿不定主意；问题大者如离婚结婚，问题小者如换衣换鞋，都往往在心中经过一读二读三读，决议之后再复议，复议之后再否决，女人决定一件事之后，还能随时做一百八十度的大转弯，做出那与决定完全相反的事，使人无法追随。

因为变得急速所以容易给人以“脆弱”的印象。莎士比亚有一名句：“‘脆弱’呀，你的名字叫作‘女人’！”但这脆弱，并不永远使女人吃亏。越是柔韧的东西越不易摧折。

女人不仅在决断上善变，即便是一个小小的别针位置也常变，午前在领扣上，午后也许移到了头发上。

三张沙发，能摆出若干阵势，几根头发，能梳出无数花头，讲到服装，其变化之多，常达到荒谬的程度。

外国女人的帽子，可以是一根鸡毛，可以是半只铁锅，或是一个畚箕。中国女人的袍子，变化也就够多，领子高的时候可以使她像一只长颈鹿，袖子短的时候恨不得使两腋生风，至于纽扣盘花，绲边镶绣，则更加变幻莫测。

“上帝给她一张脸，她能另造一张出来”。

“女人是水做的”，是活水，不是止水。

女人善哭。从一方面看，哭常是女人的武器，很少人能抵抗她这泪的洗礼。俗语说“一哭二闹三上吊”，这一哭确实其势难挡。但从另一面看，哭也常是女人的内心的“安全瓣”。

女人的忍耐的力量是伟大的，她为了男人，为了小孩，能忍受难堪的委屈。女人对于自己的享受方面，总是属于“斯多亚派”的居多。男人不在家时，她能立刻变成素食主义者，火炉里能爬出老鼠，开电灯怕费电，再关上又怕费开关。

平素既已极端刻苦，一旦精神上再受刺激，便忍无可忍，一腔悲怨天然地化作一把把的鼻涕眼泪，从“安全瓣”中汩汩而出，腾出空虚的心房，再来接受更多的委屈。

女人很少破口骂人（骂街便成泼妇，其实甚少），很少揎袖挥拳，但泪腺就比较发达。善哭的也就常常善笑，眯眯地笑，咻咻地笑，咯咯地笑，哈哈地笑，笑是常驻在女人脸上的，这笑脸常常成为最有效的护照。

女人最像小孩，她能为了一个滑稽的姿态而笑得前仰后合，肚皮痛，淌眼泪，以至于翻跟头！哀与乐都像是常川有备，一触即发。

女人的嘴，大概是用在说话方面的时候多。女孩子从小就往往口齿伶俐，就是学外国语也容易朗朗上口，不像嘴里含着一个大舌头。等到长大之后，三五成群，说长道短，声音脆，嗓门高，如蝉噪，如蛙鸣，真当得好几部鼓吹！

等到年事再长，万一堕入“长舌”型，则东家长，西家短，飞短流长，搬弄多少是非，惹出无数口舌；万一堕入“喷壶嘴”型，则琐碎繁杂，絮聒唠叨，一件事要说多少回，一句话要说多少遍，如喷壶下注，万流齐发，挡者披靡，不可向迩！

一个人给他的妻子买一件皮大衣，朋友问他：“你是为使她舒适吗？”那人回答说：“不是，为使她少说些话！”

女人胆小，看见一只老鼠而当场昏厥，在外国不算是奇闻。中国女人胆小不至如此，但是一声霹雷使得她拉紧两个老妈子的手而仍战栗不止，倒是确有其事。这并不是做作，并不是故意在男人面前作态，使他有机会挺起胸脯说："不要怕，有我在！"

她是真怕。在黑暗中或荒僻处，没有人，她怕；万一有人，她更怕！屠牛宰羊，固然不是女人的事，杀鸡宰鱼，也不是不费手脚。胆小的缘故，大概主要的是体力不济。

女人的体温似乎较低一些，有许多女人怕发胖而食无求饱，营养不足，再加上怕臃肿而衣裳单薄，到冬天瑟瑟打战，袜薄如蝉翼，把小腿冻得作"浆米藕"色，两只脚放在被里一夜也暖不过来，双手捧热水袋，从八月捧起，捧到明年五月，还不忍释手。抵抗饥寒之不暇，焉能望其胆大。

女人的聪明，有许多不可及处，一根棉线，一下子就能穿入针孔，然后一下子就能在线的尽头处打上一个结子，然后扯直了线在牙齿上砰砰两声，针尖在头发上擦抹两下，便能开始解决许多在人生中并不算小的苦恼，例如缝上衬衣的扣子，补上袜子的破洞之类。至于几根篾棍，一上一下地编出多少样物事，更是令人叫绝。

有学问的女人，创辟"沙龙"，对任何问题能继续谈论至半小时以上，不但不令人入睡，而且令人疑心她是内行。

家　德

徐志摩

家德住我们家已有十多年了。他初来的时候嘴上光光的还算是个壮夫，头上不见一茎白毛，挑着重担到车站去不觉得乏。

逢着什么吃重的工作他总是说“我来！”，他实在是来得的。现在可不同了。谁问他：“家德，你怎么了，头发都白了？”他就回答：“人总要老的，我今年五十八，头发不白几时白？”他不但头发白，他上唇疏朗朗的两撇八字胡也见花了。

他算是我们家的“做生活”，但他，据我娘说，除了吃饭住，却不拿工钱。不是我们家不给他，是他自己不要。打头儿就不要。“我就要吃饭住。”他说。我记得有一两回我因为他替我挑行李上车站给他钱，他就瞪大了眼说，“给我钱做什么？”

我以为他嫌少，拿几毛换一块圆钱再给他，可是他还是“给我钱做什么？”更高声的抗议。你再说也是白费，因为他有他的理性。吃谁家的饭就该为谁家做事，给我钱做什么？

但他并不是主义的不收钱。镇上别人家有丧事喜事来叫他去帮忙的，做完了有赏封什么给他，他受。“我今天又‘摸了’钱了。”他一回家就欣欣地报告他的伙伴。他另的一种能耐，几乎是专门的，那叫作“赞神歌”。谁家许了愿请神，就非得他去使开了他那不是不圆润的粗嗓子唱一种有节奏有顿挫的诗句赞美各种神道。奎星、纯阳祖师、关帝、梨山老母，都得他来赞美。小孩儿时候我们最爱看请神，一来热闹，厅上摆得花绿绿点得亮亮的，二来可以借口到深夜不回房去睡，三来可以听家德的神歌。乐器停了他唱，唱完乐又作。他唱什么听不清，分得清的只“浪溜圆”三个字，因为他几乎每开口必有浪溜圆。

他那唱的音调就像是在厅的顶梁上绕着，又像是暖天细雨似的在你身上匀匀地洒，反正听着心里就觉得舒服，心一舒服小眼就闭上，这样极容易在妈或是阿妈的身上靠着甜甜地睡了。到明天在床里醒过来时耳边还绕着家德那圆圆的甜甜的浪溜圆。

家德唱了神歌想来一定到手钱，这他也不辞，但他更看重的是他应分到手的一块祭肉。肉太肥或太瘦都不能使他满意，“肉总得像一块肉。”他说。

“家德，唱一点神歌听听。”我们在家时常常央着他唱，但他总是板着脸回说“神歌是唱给神听的，”虽则他有时心里一高兴或是低着头做什么手工，他口里往往低声在那里浪溜他的圆。

听说他近几年来不唱了。他推说忘了，但他实在以为自己嗓子干了，唱起来不能原先那样圆转如意，所以决意不再去神前献丑了。

他在我家实在也做不少的事。每天天一亮他就从他的破烂被窝里爬起身。一重重的门是归他开的，晚上也是他关的时候多。有时老妈子不凑手他是帮着煮粥烧饭。挑行李是他的事，送礼是他的事，劈柴是他的事。最近因为父亲常自己烧檀香，他就少劈柴，多劈檀香。我时常见他跨坐在一条长凳上戴着一副白铜边老花眼镜伛着背细细地劈。“你的镜子多少钱买的，家德？”“两只角子。”他头也不抬地说。

我们家后面那个“花园”也是他管的。蔬菜，各样的，是他种的。每天浇，摘去焦枯叶子，厨房要用时采，都是他的事。

花也是他种的，有月季，有山茶，有玫瑰，有红梅与腊梅，有美人蕉，有桃，有李，有不开花的兰，有葵花，有蟹爪菊，有可以染指甲的凤仙，有比鸡冠大到好几倍的鸡冠花。关于每一种花他都有不少话讲：花的脾，花的胃，花的颜色，花的这样那样。梅花有单瓣双瓣，兰有荤心素心，山茶有家有野，这些简单但在小孩儿时听来有趣的知识，都是他教给我们的。他是博学得可佩服。他不仅能看书能写，还能讲书，讲得比学堂里先生上课时讲的有趣味得多。我们最喜欢他讲《岳传》里的岳老爷。岳老爷出世，岳老爷归天，东窗事发，莫须有三字构成冤狱，岳雷上坟，朱仙镇八大锤——唷，那热闹就不用提了。

他讲得我们笑，他讲得我们哭，他讲得我们着急，但他再不能讲得使我们瞌睡，那是学堂里所有的先生们比他强的地方。

也不知是谁给他传的，我们都相信家德曾经在乡村里教过书。也许是实有的事，像他那样的学问在乡里还不是数一数二的。可是他自己不认。我新近又问他，他还是不认。我问他当初念些什么书。他回一句话使我吃惊。他说我念的书是你们念不到的。那更得请教，长长见识也好。他不说念书，他说读书。

他当初读的是《百家姓》《千字文》《神童诗》——还有呢？还有酒书。什么？“酒书。”他说，什么叫酒书？“酒书你不知道，”他仰头笑着说，“酒书是教人吃酒的书。”真的有这样一部书吗？他不骗人，但教师他可从不曾做过。他现在口授人念经。他会念不少的经，从《心经》到《金刚经》全部，背得溜熟的。

他学念佛念经是新近的事。早三年他病了，发寒热。他一天对人说怕好不了，身子像是在大海里浮着，脑袋也发散得没有个边，他说。他死一点也不愁，不说怕。家里就有一个老娘，他不放心，此外妻子他都不在意。一个人总要死的，他说。他果然昏晕了一阵子，他床前站着三四个他的伙伴。他苏醒时自己说：“就可惜这一生一世没有念过佛，吃过斋，想来只可等待来世的了。”说完这话他又闭上了眼仿佛是隐隐念着佛。事后他自以为这一句话救了他的命，因为他竟然又好起了。从此起他就吃上了净素。开始念经，现在他早晚都得做他的功课。

我不说他到我们家有十几年了嘛，原先他在一个小学校里做当差。我做学生的时候他已经在。他的一个同事我也记得，叫矮子小二，矮得出奇，而且天生是一个小二的嘴脸。家德是校长先生用他进去的。他初起工钱每月八百文，后来每年按加二百文，一直加到二千文的正薪，那不算少。矮子小二想来没有读过什么酒书，但他可爱喝一杯两杯的，不比家德读了酒书倒反而不喝。小二喝醉了回校不发脾气就倒上床，他的一份事就得家德兼做。后来矮子小二因为偷了学校的用品到外边去换钱使发觉了被斥退。家德不久也离开学校，但他是为另一种理由。他的是自动辞职，因为用他进去的校长不做校长了，所以他也不愿再做下去。有一天他托一个乡绅到我们家来说要到我们家住，也不说别的话。从那时起家德就长住我们家了。

他自己乡里有家。有一个娘，有一个妻，有三个儿子，好的两个死了，剩下一个是不好的。他对妻的感情，按我妈对我说，是极坏。但早先他过一时还得回家去，不是为妻，是为娘。

也为娘他不能不对他妻多少耐着性子。但是谢谢天，现在他不用再耐，因为他娘已经死了。他再也不回家去，积了一些钱也不再往家寄。妻不成材，儿子也没有淘成，他养家已有三十多年，儿子也近三十，该得担当家，他现在不管也没有什么亏心的了。他恨他妻多半是为她不孝顺他的娘，这最使他痛心。他妻有时到镇上来看他问他要钱，他一见她的影子都觉得头痛，她一到他就跑，她说话他做哑巴，她闹他到庭心里去伏在地下劈柴。有一回他接他娘出来看迎灯，让她睡他自己的床，盖他自己的棉被，他自己在灶边铺些稻柴不脱衣服睡。下一天他妻也赶来了，从厨房的门缝里张见他开着笑口用筷捡一块肥肉给他脱尽了牙翘着个下巴的老娘吃。她就在门外大声哭闹。他过去拿门给堵上了，捡更肥的肉给娘，更高声地说他的笑话，逗他娘和厨下别人的乐。晚上他妻上楼见他娘睡家德自己的床，盖他自己的被，回下来又和他哭闹——他从后门往外跑了。

他一见他娘就开口笑，说话没有一句不逗人乐。他娘见他乐也乐，翘着一个干瘪下巴眯着一双皱皮眼不住地笑，厨房里顿时添了无穷的生趣。晚上在门口看灯，家德忙着招呼他娘，端着一条长凳或是一只方板凳，半抱着她站上去，连声地问看得见了不，自己躲在后背双手扶着她防她闪，看完了灯他拿一只碗到巷口去买一碗大肉面汤一两烧酒给他娘吃，吃完了送她上楼睡去。“又要你用钱，家德。”他娘说。“喔，这算什么，我有的是钱！”家德就对他妈背他最近的进益，黄家的丧事到手三百六；李家的喜事到手五角小洋，还有这样那样的，尽他娘用都用不完，这一点点算什么的！

家德的娘来了，是一件大新闻。家德自己起劲不必说，我们上下一家子都觉得高兴。谁都爱看家德跟他娘在一起的神情，谁都爱听他母子俩甜甜的谈话。又有趣，又使人感动。那位乡下老太太，穿紫棉绸衫梳元宝髻的，看着她那头发已经斑白的儿子心里不知有多么得意。就算家德做了皇帝，她也不能更开心。“家德！”她时常尖声地叫，但等得家德赶忙回过头问“娘，要啥？”她又就只眯着一双皱皮眼甜甜地笑，再没有话说。

她也许是忘了她想着要说的话，也许她就爱那么叫她儿子一声，这屋子里人就笑家德也笑，她也笑，家德在她娘的跟前，拖着早过半百的年岁，身体活灵得像一只小松鼠，忙着为她张罗这样那样的，口齿伶俐得像一只小八哥，娘长娘短地叫个不住。

如果家德是个皇帝，世界上决没有第二个皇太后有他娘那样的好福气。这是家德的伙伴们的思想。看看家德跟他娘，我妈比方一句有诗意的话，就比是到山楼上去看太阳——满眼都是亮。

看看家德跟他娘，一个老妈子说，我总是出眼泪，我从来不知道做人会得这样地有意思。家德的娘一定是几世前修得来的。

有一回家德脚上发流火，走路一颠一颠的不方便，但一走到他娘的跟前，他立即忍了痛僵直了身子放着腿走路，就像没有病一样。“家德你今年胡须也白了。”他娘说。“人老的好，须白的好：娘你是越老越清，我是胡须越白越健。”他这一插科他娘就忘了年岁忘了愁。

他娘已在两年前死了。寿衣，有绸有缎的，都是家德早在镇上替她预备好了的。老太太进棺材还带了一支重足八钱的金押发去，这当然也是家德孝敬的。他自从娘死过，再也不回家，他妻出来他也永不理睬她。他现在吃素，念经，每天每晚都念——也是念给他娘的。他一辈子难得花一个闲钱，就有一次因为妻儿的不贤良叫他太伤心了，他一气就“看开”了。他竟然连着有三五天上茶店，另买烧饼当点心吃，一共花了足足有五百钱光景，此外再没有荒唐过。前几天他上楼去见我妈，手筒着手，兴冲冲地说：“太太，我要到乡下去一趟。”“好的，”我妈说，“你有两年多不回去了。”“我积下了一百多块钱，我要去看一块地葬我娘去。”他说。

宗月大师

老舍

在我小的时候，我因家贫而身体很弱。我九岁才入学。因家贫体弱，母亲有时候想教我去上学，又怕我受人家的欺侮，更因交不上学费，所以一直到九岁我还不识一个字。说不定，我会一辈子也得不到读书的机会。因为母亲虽然知道读书的重要，可是每月间三四吊钱的学费，实在让她为难。母亲是最喜脸面的人。她迟疑不决，光阴又不等待着任何人，荒来荒去，我也许就长到十多岁了。一个十多岁的贫而不识字的孩子，很自然地去做个小买卖——弄个小筐，卖些花生、煮豌豆，或樱桃什么的。要不然就是去学徒。母亲很爱我，但是假若我能去做学徒，或提篮沿街卖樱桃而每天赚几百钱，她或者就不会坚决地反对。穷困比爱心更有力量。

有一天刘大叔偶然的来了。我说“偶然的”，因为他不常来看我们。他是个极富的人，尽管他心中并无贫富之别，可是他的财富使他终日不得闲，几乎没有工夫来看穷朋友。一进门，他看见了我。“孩子几岁了？上学没有？”他问我的母亲。他的声音是那么洪亮（在酒后，他常以学喊俞振庭的《金钱豹》自傲），他的衣服是那么华丽，他的眼是那么亮，他的脸和手是那么白嫩肥胖，使我感到我大概是犯了什么罪。我们的小屋，破桌凳，土炕，几乎禁不住他的声音的震动。等我母亲回答完，刘大叔马上决定：“明天早上我来，带他上学，学钱、书籍，大姐你都不必管！”我的心跳起多高，谁知道上学是怎么一回事呢！

第二天，我像一条不体面的小狗似的，随着这位阔人去入学。学校是一家改良私塾，在离我的家有半里多地的一座道士庙里。庙不甚大，而充满了各种气味：一进山门先有一股大烟味，紧跟着便是糖精味（有一家熬制糖球糖块的作坊），再往里，是厕所味，与别的臭味。学校是在大殿里。大殿两旁的小屋住着道士和道士的家眷。大殿里很黑、很冷。神像都用黄布挡着，供桌上摆着孔圣人的牌位。学生都面朝西坐着，一共有三十来人。西墙上有一块黑板——这是“改良”私塾。老师姓李，一位极死板而极有爱心的中年人。刘大叔和李老师“嚷”了一顿，而后教我拜圣人及老师。老师给了我一本《地球韵言》和一本《三字经》。我于是，就变成了学生。

自从做了学生以后，我时常到刘大叔的家中去。他的宅子有两个大院子，院中几十间房屋都是出廊的。院后，还有一座相当大的花园。宅子的左右前后全是他的房屋，若是把那些房子齐齐地排起来，可以占半条大街。此外，他还有几处铺店。每逢我去，他必招呼我吃饭，或给我一些我没有看见过的点心。他绝不以我为一个苦孩子而冷淡我，他是阔大爷，但是他不以富做人。

在我由私塾转入公立学校去的时候，刘大叔又来帮忙。这时候，他的财产已大半出了手。他是阔大爷，他只懂得花钱，而不知道计算。人们吃他，他甘心教他们吃；人们骗他，他付之一笑。他的财产有一部分是卖掉的，也有一部分是被人骗了去的。他不管；他的笑声照旧是洪亮的。

到我在中学毕业的时候，他已一贫如洗，什么财产也没有了，只剩了那个后花园。不过，在这个时候，假若他肯用用心思，去调整他的产业，他还能有办法教自己丰衣足食，因为他的好多财产是被人家骗了去的。可是，他不肯去请律师。贫与富在他心中是完全一样的。假若在这时候，他要是不再随便花钱，他至少可以保住那座花园和城外的地产。可是，他好善。尽管他自己的儿女受着饥寒，尽管他自己受尽折磨，他还是去办贫儿学校、粥厂等等慈善事业。他忘了自己。就是在这个时候，我和他过往得最密。他办贫儿学校，我去做义务教师。他施舍粮米，我去帮忙调查及散放。在我的心里，我很明白：放粮放钱不过只是延长贫民的受苦难的日期，而不足以阻拦住死亡。但是，看刘大叔那么热心，那么真诚，我就顾不得和他辩论，而只好也出点力了。即使我和他辩论，我也不会得胜，人情是往往能战败理智的。

在我出国以前，刘大叔的儿子死了。而后，他的花园也出了手。他入庙为僧，夫人与小姐入庵为尼。由他的性格来说，他似乎势必走入避世学禅的一途。但是由他的生活习惯上来说，大家总以为他不过能念念经，布施布施僧道而已，而绝对不会受戒出家。他居然出了家。在以前，他吃的是山珍海味，穿的是绫罗绸缎。他也嫖也赌。现在，他每日一餐，入秋还穿着件夏布道袍。这样苦修，他的脸上还是红红的，笑声还是洪亮的。对佛学，他有多么深的认识，我不敢说。我却真知道他是个好和尚，他知道一点便去做一点，能做一点便做一点。他的学问也许不高，但是他所知道的都能见诸实行。

出家以后，他不久就做了一座大寺的方丈。可是没有好久就被驱除出来。他是要做真和尚，所以他不惜变卖庙产去救济苦人。庙里不要这种方丈。一般地说，方丈的责任是要扩充庙产，而不是救苦救难的。离开大寺，他到一座没有任何产业的庙里做方丈。他自己既没有钱，他还须天天为僧众们找到斋吃。同时，他还举办粥厂等等慈善事业。他穷，他忙，他每日只进一顿简单的素餐，可是他的笑声还是那么洪亮。他的庙里不应佛事，赶到有人来请，他便领着僧众给人家去唪真经，不要报酬。他整天不在庙里，但是他并没忘了修持；他持戒越来越严，对经义也深有所获。他白天在各处筹钱办事，晚间在小室里做工夫。谁见到这位破和尚也不曾想到他曾是个在金子里长起来的阔大爷。

去年，有一天他正给一位圆寂了的和尚念经，他忽然闭上了眼，就坐化了。火葬后，人们在他的身上发现许多舍利。

没有他，我也许一辈子也不会入学读书。没有他，我也许永远想不起帮助别人有什么乐趣与意义。他是不是真的成了佛？我不知道。但是，我的确相信他的居心与言行是与佛相近似的。我在精神上物质上都受过他的好处，现在我的确愿意他真的成了佛，并且盼望他以佛心引领我向善，正像在三十五年前，他拉着我去入私塾那样！

他是宗月大师。

春　风

老舍

济南与青岛是多么不相同的地方呢！一个设若比作穿肥袖马褂的老先生，那一个便应当是摩登的少女。可是这两处不无相似之点。拿气候说吧，济南的夏天可以热死人，而青岛是有名的避暑所在；冬天，济南也比青岛冷。但是，两地的春秋颇有点相同。济南到春天多风，青岛也是这样；济南的秋天是长而晴美，青岛亦然。

对于秋天，我不知应爱哪里的：济南的秋是在山上，青岛的是海边。济南是抱在小山里的；到了秋天，小山上的草色在黄绿之间，松是绿的，别的树叶差不多都是红与黄的。就是那没树木的山上，也增多了颜色——日影、草色、石层，三者能配合出种种的条纹，种种的影色。配上那光暖的蓝空，我觉到一种舒适安全，只想在山坡上似睡非睡地躺着，躺到永远。青岛的山——虽然怪秀美——不能与海相抗，秋海的波还是春样的绿，可是被清凉的蓝空给开拓出老远，平日看不见的小岛清楚地点在帆外。这远到天边的绿水使我不愿思想而不得不思想；一种无目的思虑，要思虑而心中反倒空虚了些。济南的秋给我安全之感，青岛的秋引起我甜美的悲哀。我不知应当爱哪个。

所谓春风，似乎应当温柔，轻吻着柳枝，微微吹皱了水面，偷偷地传送花香，同情地轻轻掀起禽鸟的羽毛。可是，济南与青岛的春风都太粗猛，把两地的春都给吹毁了。济南的风每每在丁香海棠开花的时候把天刮黄，什么也看不见，连花都埋在黄暗中：青岛的风少一些沙土，可是狡猾，在已很暖的时节忽然来一阵或一天的冷风，把一切都送回冬天去，棉衣不敢脱，花儿不敢开，海边翻着愁浪。

两地的风都有时候整天整夜地刮。春夜的微风送来雁叫，使人似乎多些希望。整夜的大风，门响窗户动，使人不英雄地把头埋在被子里；即使无害，也似乎不应该如此。对于我，特别觉得难堪。我生在北方，听惯了风，可也最怕风。听是听惯了，因为听惯才知道那个难受劲儿。它老使我坐卧不安，心中游游摸摸的，干什么不好，不干什么也不好。它常常打断我的希望：听见风响，我懒得出门，觉得寒冷，心中渺茫。春天仿佛应当有生气，应当有花草，这样的野风几乎是不可原谅的！我倒不是个弱不禁风的人，虽然身体不很足壮。我能受苦，只是受不住风。别种的苦处，多少是在一个地方，多少有个原因，多少可以设法减除；对风是干没办法。总不在一个地方,到处随时使我的脑子晃动,像怒海上的船。它使我说不出为什么苦痛,而且没法子避免。它自由地刮,我死受着苦。我不能和风去讲理或吵架。单单在春天刮这样的风!可是跟谁讲理去呢?苏杭的春天应当没有这不得人心的风吧?我不准知道,而希望如此。好有个地方去“避风”呀!

无题（因为没有故事）

老舍

人是为明天活着的，因为记忆中有朝阳晓露；假若过去的早晨都似地狱那么黑暗丑恶，盼明天干吗呢？是的，记忆中也有痛苦危险，可是希望会把过去的恐怖裹上一层糖衣，像看着一出悲剧似的，苦中有些甜美。无论怎说吧，过去的一切都不可移动；实在，所以可靠；明天的渺茫全仗昨天的实在撑持着，新梦是旧事的拆洗缝补。

对了，我记得她的眼。她死了许多年了，她的眼还活着，在我的心里。这对眼睛替我看守着爱情。当我忙得忘了许多事，甚至于忘了她，这两只眼会忽然在一朵云中，或一汪水里，或一瓣花上，或一线光中，轻轻地一闪，像归燕的翅儿，只须一闪，我便感到无限的春光。我立刻就回到那梦境中，哪一件小事都凄凉，甜美，如同独自在春月下踏着落花。

这双眼所引起的一点爱火，只是极纯的一个小火苗，像心中的一点晚霞，晚霞的结晶。它可以烧明了流水远山，照明了春花秋叶，给海浪一些金光，可是它恰好的也能在我心中，照明了我的泪珠。

它们只有两个神情：一个是凝视，极短极快，可是千真万确的是凝视。只微微地一看，就看到我的灵魂，把一切都无声地告诉了我。凝视，一点也不错，我知道她只须极短极快地一看，看的动作过去了，极快地过去了，可是，她心里看着我呢，不定看多么久呢；我到底得管这叫作凝视，不论它是多么快，多么短。一切的诗文都用不着，这一眼道尽了“爱”所会说的与所会做的。另一个是眼珠横着一移动，由微笑移动到微笑里去，在处女的尊严中笑出一点点被爱逗出的轻佻，由热情中笑出一点点无法抑止的高兴。

我没和她说过一句话，没握过一次手，见面连点头都不点。可是我的一切，她知道；她的一切，我知道。我们用不着看彼此的服装，用不着打听彼此的身世，我们一眼看到一粒珍珠，藏在彼此的心里；这一点点便是我们的一切，那些七零八碎的东西都是配搭，都无须注意。看我一眼，她低着头轻快地走过去，把一点微笑留在她身后的空气中，像太阳落后还留下一些明霞。

我们彼此躲避着，同时彼此愿马上搂抱在一处。我们轻轻地哀叹；忽然遇见了，那么凝视一下，登时欢喜起来，身上像减了分量，每一步都走得轻快有力，像要跳起来的样子。

我们极愿意说一句话，可是我们很怕交谈，说什么呢？哪一个日常的俗字能道出我们的心事呢？让我们不开口，永不开口吧！我们的对视与微笑是永生的，是完全的，其余的一切都是破碎微弱，不值得一提的。

我们分离有许多年了，她还是那么秀美，那么多情，在我的心里。她将永远不老，永远只向我一个人微笑。在我的梦中，我常常看见她，一个甜美的梦是最真实，最纯洁，最完美的。多少多少人生中的小困苦小折磨使我丧气，使我轻看生命。可是，那个微笑与眼神忽然地从哪儿飞来，我想起唯有“人面桃花相映红”差可托拟的一点心情与境界，我忘了困苦，我不再丧气，我恢复了青春；无疑的，我在她的洁白的梦中，必定还是个美少年呀。

春在燕的翅上，把春光颤得更明了一些，同样，我的青春在她的眼里，永远使我的血温暖，像土中的一颗子粒，永远想发出一个小小的绿芽。一粒小豆那么小的一点爱情，眼珠一移，嘴唇一动，日月都没有了作用，到无论什么时候，我们总是一对刚开开的春花。

不要再说什么，不要再说什么！我的烦恼也是香甜的呀，因为她那么看过我！

风　筝

鲁迅

北京的冬季，地上还有积雪，灰黑色的秃树枝丫叉于晴朗的天空中，而远处有一二风筝浮动，在我是一种惊异和悲哀。

故乡的风筝时节，是春二月，倘听到沙沙的风轮声，仰头便能看见一个淡墨色的蟹风筝或嫩蓝色的蜈蚣风筝。还有寂寞的瓦片风筝，没有风轮，又放得很低，伶仃地显出憔悴可怜模样。但此时地上的杨柳已经发芽，早的山桃也多吐蕾，和孩子们的天上的点缀相照应，打成一片春日的温和。我现在在哪里呢？四面都还是严冬的肃杀，而久经诀别的故乡的久经逝去的春天，却就在这天空中荡漾了。

但我是向来不爱放风筝的，不但不爱，并且嫌恶它，因为我以为这是没出息孩子所做的玩意。和我相反的是我的小兄弟，他那时大概十岁内外罢，多病，瘦得不堪，然而最喜欢风筝，自己买不起，我又不许放，他只得张着小嘴，呆看着空中出神，有时至于小半日。远处的蟹风筝突然落下来了，他惊呼；两个瓦片风筝的缠绕解开了，他高兴得跳跃。他的这些，在我看来都是笑柄，可鄙的。

有一天，我忽然想起，似乎多日不很看见他了，但记得曾见他在后园拾枯竹。我恍然大悟似的，便跑向少有人去的一间堆积杂物的小屋去，推开门，果然就在尘封的什物堆中发见了他。他向着大方凳，坐在小凳上；便很惊惶地站了起来，失了色瑟缩着。大方凳旁靠着一个蝴蝶风筝的竹骨，还没有糊上纸，凳上是一对做眼睛用的小风轮，正用红纸条装饰着，将要完工了。我在破获秘密的满足中，又很愤怒他的瞒了我的眼睛，这样苦心孤诣地来偷做没出息孩子的玩意。我即刻伸手折断了蝴蝶的一支翅骨，又将风轮掷在地下，踏扁了。论长幼，论力气，他是都敌不过我的，我当然得到完全的胜利，于是傲然走出，留他绝望地站在小屋里。后来他怎样，我不知道，也没有留心。

然而我的惩罚终于轮到了，在我们离别得很久之后，我已经是中年。我不幸偶尔看了一本外国的讲论儿童的书，才知道游戏是儿童最正当的行为，玩具是儿童的天使。于是二十年来毫不忆及的幼小时候对于精神的虐杀的这一幕，忽地在眼前展开，而我的心也仿佛同时变了铅块，很重很重地堕下去了。

但心又不竟堕下去而至于断绝，他只是很重很重地堕着，堕着。

我也知道补过的方法的：送他风筝，赞成他放，劝他放，我和他一同放。我们嚷着，跑着，笑着。——然而他其时已经和我一样，早已有了胡子了。

我也知道还有一个补过的方法的：去讨他的宽恕，等他说，“我可是毫不怪你呵。”那么，我的心一定就轻松了，这确是一个可行的方法。有一回，我们会面的时候，是脸上都已添刻了许多“生”的辛苦的条纹，而我的心很沉重。我们渐渐谈起儿时的旧事来，我便叙述到这一节，自说少年时代的糊涂。“我可是毫不怪你呵。”我想，他要说了，我即刻便受了宽恕，我的心从此也宽松了罢。

“有过这样的事吗？”他惊异地笑着说，就像旁听着别人的故事一样。他什么也不记得了。

全然忘却，毫无怨恨，又有什么宽恕之可言呢？无怨的恕，说谎罢了。

我还能希求什么呢？我的心只得沉重着。

现在，故乡的春天又在这异地的空中了，既给我久经逝去的儿时的回忆，而一并也带着无可把握的悲哀。我倒不如躲到肃杀的严冬中去罢，——但是，四面又明明是严冬，正给我非常的寒威和冷气。

初　冬

萧红

初冬，我走在清凉的街道上遇见了我的弟弟。

“莹姐，你走到哪里去？”

“随便走走吧！”

“我们去吃一杯咖啡，好不好？莹姐。”

咖啡店的窗子在帘幕下挂着苍白的霜层。我把领口脱着毛的外衣搭在衣架上。

我们开始搅着杯子玲琅地响了。

“天冷了吧！并且也太孤寂了，你还是回家的好。”弟弟的眼睛是深黑色的。

我摇了头，我说：

“你们学校的篮球队近来怎么样？还活跃吗？你还是很热心吗？”

“我掷筐掷得更进步，可惜你总也没到我们的球场上来了。你这样不畅快是不行的。”

我仍搅着杯子，也许飘流久了的心情，就和离了岸的海水一般，若非遇到大风是不会翻起的，我开始弄着手帕。弟弟再向我说什么我已不去听清他，仿佛自己是沉坠在深远的幻想的井里。

我不记得咖啡怎样被我吃干了杯了。茶匙在搅着空的杯子时，弟弟说：

“再来一杯吧！”

女侍者带着欢笑一般飞起的头发来到我们桌边。她又用很响亮的脚步摇摇地走了去。

也许是因为清早或是天寒，再没有人走进这咖啡店。在弟弟默默看着我的时候，在我的思想宁静得玻璃一般平的时候，壁间暖气管小小嘶鸣的声音都听得到了。

“天冷了，还是回家好，心情这样不畅快长久了是无益的。”

“怎么！”

“太坏的心情与你有什么好处呢？”

“为什么要说我的心情不好呢？”

我们又都搅着杯子。有外国人走进来，那响着嗓子的，嘴不住在说的女人，就坐在我们的近边，她离得我越近，我越嗅到她满衣的香气，那使我感到她离得我更辽远，也感到全人类离得我更辽远。也许她那安闲而幸福的态度与我一点联系也没有。

我们搅着杯子，杯子不能像起初搅得发响了，街车好像渐渐多了起来，闪在窗子上的人影迅速而且繁多了。隔着窗子可以听到喑哑的笑声和喑哑的踏在行人道上的鞋子的声音。

“莹姐，”弟弟的眼睛是深黑色的，“天冷了，再不能飘流下去，回家去吧！”弟弟说：“你的头发这样长了，怎么不到理发店去一次呢？”我不知为什么被他这话所激动了。

也许要熄灭的灯火在我心中复燃起来，热力和光明鼓荡着我：

“那样的家我是不想回去的。”

“那么飘流着，就这样飘流着？”弟弟的眼睛是深黑色的。他的杯子留在左手里边，另一只手在桌面上手心向上翻张了开来，要在空间摸索着什么似的。最后他是捉住他自己的领巾。我看着他在抖动的唇嘴：

“莹姐，我真担心你这个女浪人！”他的牙齿好像更白了些，更大些，而且有力了，而且充满热情了。为热情而波动，他的嘴唇是那样地退去了颜色。并且他的全人有些近乎狂人，然而是安静的，完全被热情侵占着的。

出了咖啡店，我们在结着薄碎的冰雪上面踏着脚。

初冬，朝晨的红日扑着我们的头发，这样的红光使我感到欣快和寂寞。弟弟不住地在手下摇着帽子，肩头耸起了又落下了；心脏也是高了又低了。

渺小的同情者和被同情者离开了市街。

停在一个荒败的枣树园的前面时，他突然把很厚的手伸给了我，这是在我们要告别了。

“我到学校去上课！”他脱开我的手向着和我相反的方向背转过去。可是走了几步又转回来：

“莹姐，我看你还是回家的好！”

“那样的家我是不能回去的，我不愿意受和我站在两极端父亲的豢养……”

“那么你要钱用吗？”

“不要的。”

“那么你就这个样子吗？你瘦了！你快要生病了！你的衣服也太薄啊！”弟弟的眼睛是深黑色的，充满着祈祷和愿望。我们又握过手，分别方向走去。

太阳在我的脸面上闪闪耀耀，仍和未遇见弟弟以前一样，我穿着街头，我无目的地走。寒风，刺着喉头，时时要发作小小的咳嗽。

弟弟留给我的是深黑色的眼睛，这在我散漫与孤独的流荡人的心板上，怎能不微温了一个时刻？

回忆鲁迅先生（节选）

萧红

鲁迅先生的笑声是明朗的，是从心里的欢喜。若有人说了什么可笑的话，鲁迅先生笑得连烟卷都拿不住了，常常是笑得咳嗽起来。

鲁迅先生走路很轻捷，尤其使人记得清楚的，是他刚抓起帽子来往头上一扣，同时左腿就伸出去了，仿佛不顾一切地走去。

鲁迅先生不大注意人的衣裳，他说：“谁穿什么衣裳我看不见的……”

鲁迅先生生病，刚好了一点，窗子开着，他坐在躺椅上，抽着烟，那天我穿着新奇的火红的上衣，很宽的袖子。

鲁迅先生说：“这天气闷热起来，这就是梅雨天。”他把他装在象牙烟嘴上的香烟，又用手装得紧一点，往下又说了别的。

许先生忙着家务跑来跑去，也没有对我的衣裳加以鉴赏。

于是我说：“周先生，我的衣裳漂亮不漂亮？”

鲁迅先生从上往下看了一眼：“不大漂亮。”

过了一会又加着说：“你的裙子配的颜色不对，并不是红上衣不好看，各种颜色都是好看的，红上衣要配红裙子，不然就是黑裙子，咖啡色的就不行了；这两种颜色放在一起很混浊……你没看到外国人在街上走的吗？绝没有下边穿一件绿裙子，上边穿一件紫上衣，也没有穿一件红裙子而后穿一件白上衣的……”

鲁迅先生就在躺椅上看着我：“你这裙子是咖啡色的，还带格子，颜色混浊得很，所以把红衣裳也弄得不漂亮了。”

“……人瘦不要穿黑衣裳，人胖不要穿白衣裳；脚长的女人一定要穿黑鞋子，脚短就一定要穿白鞋子；方格子的衣裳胖人不能穿，但比横格子的还好；横格子的，胖人穿上，就把胖子更往两边裂着，更横宽了，胖子要穿竖条子的，竖的把人显得长，横的把人显得宽……”

那天鲁迅先生很有兴致，把我一双短统靴子也略略批评一下，说我的短靴是军人穿的，因为靴子的前后都有一条线织的拉手，这拉手据鲁迅先生说是放在裤子下边的……

我说：“周先生，为什么那靴子我穿了多久了而不告诉我，怎么现在才想起来呢？现在不是不穿了吗？我穿的这不是另外的鞋吗？”

“你不穿我才说的，你穿的时候，一说你该不穿了。”

那天下午要赴一个筵会去，我要许先生给我找一点布条或绸条束一束头发。许先生拿了来米色的绿色的还有桃红色的。经我和许先生共同选定的是米色的。为着取笑，把那桃红色的，许先生举起来放在我的头发上，并且许先生很开心地说着：

“好看吧！多漂亮！”

我也非常得意，很规矩又顽皮地在等着鲁迅先生往这边看我们。

鲁迅先生这一看，他就生气了，他的眼皮往下一放向我们这边看着：“不要那样装她……”

许先生有点窘了。

我也安静下来。

鲁迅先生在北平教书时，从不发脾气，但常常好用这种眼光看人，许先生常跟我讲，她在女师大读书时，周先生在课堂上，一生气就用眼睛往下一掠，看着她们，这种眼光鲁迅先生在记范爱农先生的文字里曾自己述说过，而谁曾接触过这种眼光的人就会感到一个旷代的全智者的催逼。

我开始问：“周先生怎么也晓得女人穿衣裳的这些事情呢？”

“看过书的，关于美学的。”

“什么时候看的……”

“大概是在日本读书的时候……”

“买的书吗？”

“不一定是买的，也许是从什么地方抓到就看的……”

“看了有趣味吗？”

“随便看看……”

“周先生看这书做什么？”

“……”没有回答。好像很难以回答。

许先生在旁说：“周先生什么书都看的。”

在鲁迅先生家里做客人，刚开始是从法租界来到虹口，搭电车也要差不多一个钟头的工夫，所以那时候来的次数比较少，还记得有一次谈到半夜了，一过十二点电车就没有的，但那天不知讲了些什么，讲到一个段落就看看旁边小长桌上的圆钟，十一点半了，十一点四十五分了，电车没有了。

“反正已十二点，电车已没有，那么再坐一会。”许先生如此劝着。

鲁迅先生好像听了所讲的什么引起了幻想，安顿地举着象牙烟嘴在沉思着。

一点钟以后，送我（还有别的朋友）出来的是许先生，外边下着蒙蒙的小雨，弄堂里灯光全然灭掉了，鲁迅先生嘱咐许先生一定让坐小汽车回去，并且一定嘱咐许先生付钱。

以后也住到北四川路来，就每夜饭后必到大陆新村来了，刮风的天，下雨的天，几乎没有间断的时候。

鲁迅先生很喜欢北方饭。还喜欢吃油炸的东西，喜欢吃硬的东西，就是后来生病的时候，也不大吃牛奶。鸡汤端到旁边用调羹舀了一二下就算了事。

有一天约好我去包饺子吃，那还是住在法租界，所以带了外国酸菜和用绞肉机绞成的牛肉。就和许先生站在客厅后边的方桌边包起来，海婴公子围着闹得起劲，一会把按成圆饼的面拿去了，他说做了一只船来，送在我们的眼前，我们不看他，转身他又做了一只小鸡，许先生和我都不去看他，对他竭力避免加以赞美，若一赞美起来，怕他更做得起劲。

客厅后没到黄昏就先黑了，背上感到些微的寒凉，知道衣裳不够了，但为着忙，没有加衣裳去。等把饺子包完了看看那数目并不多，这才知道许先生我们谈话谈得太多，误了工作。许先生怎样离开家的，怎样到天津读书的，在女师大读书时怎样做了家庭教师，她去考家庭教师的那一段描写，非常有趣，只取一名，可是考了好几十名，她之能够当选算是难的了。指望对于学费有点补助，冬天来了，北平又冷，那家离学校又远，每月除车子钱之外，若伤风感冒还得自己拿出买阿司匹林的钱来，每月薪金十元要从西城跑到东城……

饺子煮好，一上楼梯，就听到楼上明朗的鲁迅先生的笑声冲下楼梯来，原来有几个朋友在楼上也正谈得热闹。

那一天吃得是很好的。

以后我们又做过韭菜合子，又做过荷叶饼，我一提议鲁迅先生必然赞成，而我做得又不好，可是鲁迅先生还是在饭桌上举着筷子问许先生：“我再吃几个吗？”

因为鲁迅先生的胃不大好，每饭后必吃“脾自美”胃药丸一二粒。

有一天下午鲁迅先生正在校对着一本别人的著作，我一走进卧室去，从那圆转椅上鲁迅先生转过来了，向着我，还微微站起了一点。

“好久不见，好久不见。”一边说着一边向我点头。

刚刚我不是来过了吗？怎么会好久不见？就是上午我来的那次周先生忘记了，可是我也每天来呀……怎么都忘记了吗？

周先生转身坐在躺椅上才自己笑起来，他是在开着玩笑。

梅雨季，很少有晴天，一天的上午刚一放晴，我高兴极了，就到鲁迅先生家去了，跑得上楼还喘着，鲁迅先生说：“来啦！”我说：“来啦！”

我喘着连茶也喝不下。

鲁迅先生就问我：“有什么事吗？”

我说：“天晴啦，太阳出来啦。”

许先生和鲁迅先生都笑着，一种对于冲破忧郁心境的展然的会心的笑。

海婴一看到我非拉我到院子里和他一道玩不可，拉我的头发或拉我的衣裳。

为什么他不拉别人呢？据周先生说："他看你梳着辫子，和他差不多，别人在他眼里都是大人，就看你小。"

许先生问着海婴："你为什么喜欢她呢？不喜欢别人？"

"她有小辫子。"说着就来拉我的头发。

鲁迅先生家里生客人很少，几乎没有，尤其是住在他家里的人更没有。一个礼拜六的晚上，在二楼上鲁迅先生的卧室里摆好了晚饭，围着桌子坐满了人。每逢礼拜六晚上都是这样的，周建人先生带着全家来拜访的。在桌子边坐着一个很瘦的很高的穿着中国小背心的人，鲁迅先生介绍说："这是一位同乡，是商人。"

初看似乎对的，穿着中国裤子，头发剃得很短。当吃饭时他还让别人酒，也给我倒一盅，态度很活泼，不大像个商人；等吃完了饭，又谈到《伪自由书》及《二心集》。这个商人，开明得很，在中国不常见。没有见过的，就总不大放心。

下一次是在楼下客厅后的方桌上吃晚饭，那天很晴，一阵阵地刮着热风，虽然黄昏了，客厅后还不昏黑。鲁迅先生是新剪的头发，还能记得桌上有一碗黄花鱼，大概是顺着鲁迅先生的口味，是用油煎的。鲁迅先生前面摆着一碗酒，酒碗是扁扁的，好像用作吃饭的饭碗。那位商人先生也能喝酒，酒瓶就站在他的旁边。他说蒙古人什么样，苗人什么样，从西藏经过时，那西藏女人见了男人追她，她就如何如何。

这商人可真怪，怎么专门走地方，而不做买卖？并且鲁迅先生的书他也全读过，一开口这个，一开口那个。并且海婴叫他 × 先生，我一听那 × 字就明白他是谁了。× 先生常常回来得很迟，从鲁迅先生家里出来，在弄堂里遇到了几次。

有一天晚上 × 先生从三楼下来，手里提着小箱子，身上穿着长袍子，站在鲁迅先生的面前，他说他要搬了。他告了辞，许先生送他下楼去了。这时候周先生在地板上绕了两个圈子，问我说：

“你看他到底是商人吗？”

“是的。”我说。

鲁迅先生很有意思地在地板上走几步，而后向我说：“他是贩卖私货的商人，是贩卖精神上的……”

× 先生走过二万五千里回来的。

青年人写信，写得太草率，鲁迅先生是深恶痛绝之的。

“字不一定要写得好，但必须得使人一看了就认识，青年人现在都太忙了……他自己赶快胡乱写完了事，别人看了三遍五遍看不明白，这费了多少工夫，他不管。反正这费的工夫不是他的。这存心是不太好的。”

但他还是展读着每封由不同角落里投来的青年的信，

眼睛不济时，便戴起眼镜来看，常常看到夜里很深的时光。

鲁迅先生坐在 ×× 电影院楼上的第一排，那片名忘记了，新闻片是苏联纪念“五一”节的红场。

“这个我怕看不到的……你们将来可以看得到。”鲁迅先生向我们周围的人说。

珂勒惠支的画，鲁迅先生最佩服，同时也很佩服她的做人，珂勒惠支受希特勒的压迫，不准她做教授，不准她画画，鲁迅先生常讲到她。

史沫特莱，鲁迅先生也讲到，她是美国女子，帮助印度独立运动，现在又在援助中国。

鲁迅先生介绍给人去看的电影：《夏伯阳》《复仇艳遇》……其余的如《人猿泰山》……或者非洲的怪兽这一类的影片，也常介绍给人的。鲁迅先生说：“电影没有什么好看的，看看鸟兽之类倒可以增加些对于动物的知识。”

鲁迅先生不游公园，住在上海十年，兆丰公园没有进过，虹口公园这么近也没有进过。春天一到了，我常告诉周先生，我说公园里的土松软了，公园里的风多么柔和，周先生答应选个晴好的天气，选个礼拜日，海婴休假日，好一道去，坐一乘小汽车一直开到兆丰公园，也算是短途旅行，但这只是想着而未有做到，并且把公园给下了定义，鲁迅先生说：“公园的样子我知道的……一进门分做两条路，一条通左边，一条通右边，沿着路种着点柳树什么的，树下摆着几张长椅子，再远一点有个水池子。”

我是去过兆丰公园，也去过虹口公园或是法国公园的，仿佛这个定义适用在任何国度的公园设计者。

鲁迅先生不戴手套，不围围巾，冬天穿着黑石蓝的棉布袍子，头上戴着灰色毡帽，脚穿黑帆布胶皮底鞋。

胶皮底鞋夏天特别热，冬天又凉又湿，鲁迅先生的身体不算好，大家都提议把这鞋子换掉。鲁迅先生不肯，他说胶皮底鞋子走路方便。

“周先生一天走多少路呢？也不就一转弯到 ×× 书店走一趟吗？”

鲁迅先生笑而不答。

“周先生不是很好伤风吗？不围巾子，风一吹不就伤风了吗？”

鲁迅先生这些个都不习惯，他说：“从小就没戴过手套围巾，戴不惯。”

鲁迅先生一推开门从家里出来时，两只手露在外边，很宽的袖口冲着风就向前走，腋下挟着个黑绸子印花的包袱，里边包着书或者是信，到老靶子路书店去了。

那包袱每天出去必带出去，回来必带回来，出去时带着回给青年们的信，回来又从书店带来新的信和青年请鲁迅先生看的稿子。

鲁迅先生抱着印花包袱从外边回来，还提着一把伞，一进门客厅里早坐着客人，把伞挂在衣架上就陪客人谈起话来。谈了很久了，伞上的水滴顺着伞杆在地板上已经聚了一堆水。

鲁迅先生上楼去拿香烟，抱着印花包袱，而那把伞也没有忘记，顺手也带到楼上去。

鲁迅先生的记忆力非常之强，他的东西从不随便散置在任何地方。

鲁迅先生很喜欢北方口味。许先生想请一个北方厨子，鲁迅先生以为开销太大，请不得的，男佣人，至少要十五元钱的工钱。

所以买米买炭都是许先生下手，我问许先生为什么用两个女佣人都是年老的，都是六七十岁的？许先生说她们做惯了，海婴的保姆，海婴几个月时就在这里。

正说着那矮胖胖的保姆走下楼梯来了，和我们打了个迎面。

“先生，没吃茶吗？”她赶快拿了杯子去倒茶，那刚刚下楼时气喘的声音还在喉管里咕噜咕噜的，她确是年老了。

来了客人，许先生没有不下厨房的，菜食很丰富，鱼，肉……都是用大碗装着，起码四五碗，多则七八碗。可是平常就只三碗菜：一碗素炒豌豆苗，一碗笋炒咸菜，再一碗黄花鱼。

这菜简单到极点。

鲁迅先生的原稿，在拉都路一家炸油条的那里用着包油条，我得到了一张，是译《死魂灵》的原稿，写信告诉了鲁迅先生，鲁迅先生不以为稀奇。许先生倒很生气。

鲁迅先生出书的校样，都用来揩桌，或做什么的。请客人在家里吃饭，吃到半道，鲁迅先生回身去拿来校样给大家分着。客人接到手里一看，这怎么可以？鲁迅先生说："擦一擦，拿着鸡吃，手是腻的。"

到洗澡间去，那边也摆着校样纸。

谶

陆蠡

曾有人惦记着远方的行客，痴情地凝望着天际的云霞。看它幻作为舟，为车，为骑，为舆，为桥梁，为栈道，为平原，为崇岭，为江河，为大海，为渡头，为关隘，为桃柳夹岸的御河，为辙迹纵横的古道，私心嘱咐着何处可以投宿，何处可以登游，何处不应久恋，何处宜于勾留，复指点着应如何迟行早宿，趋吉避凶……

正神凝于幻境的想象的时候，忽然天际起了一片漆暗，黑云怒涌，为闪电，为雷霆，为风暴，为冰雹，为骤雨，为飓啸，……思远者乃省记起了已有多久没有收到平安的吉报，安知他途上山高水低，舟车上下，安知他途中不会遭遇兵灾，匪祸，疾病，厄难，于是引为深忧，甚至悄然坠泪，揣测着这不祥的谶兆……

曾有守望着病了的孩子的姐姐，因为久病把大家都弄累了，于是决议由大家轮流值夜看护，而她是极愿长久陪侍这亲爱的弟弟的……夜是暗黑的，高热度的孩子发出不可解的呓语，紧闭着的窗户隔断外来的一切的声音，室内只有一片暗黄的灯光和两个生命的呼吸，姐姐阖上眼睛仿佛要睡着了，猛然抬起头来看见梁上挂下一只蜘蛛，它把细丝粘在梁上，自己却缓缓地坠下来。黄色的灯光映着这细丝，现成金黄色。姐姐恍若悟到维系住这小虫的竟然是这样脆弱的微丝，这里隐喻着身边的孩子的艰难的呼吸。“倘使断了呢？”她为着这蜘蛛担心了，于是暗暗占卜道：“蜘蛛啊！假如你再能从你的细丝回到梁上去，则我的弟弟便有救了，否则……”她不忍想了。蜘蛛往下坠着，又挣扎着沿着细丝往上去，又下坠了，将及地时又挣扎着上去，又坠下来，又上去……一霎间，丝断了！“啊呀！”这姐姐的惊叫惊醒了一家人，而她不能把她的谶语告诉旁人……

唉！自来一虫，一物，一言一语往往便成谶，你听我说完我的故事吧。我有一位姐姐，她花了很多的工夫在她自己的一双鞋上面绣花。这鞋做得很端整，很美丽，很结实，她自己看了很高兴。一位邻人称赞她说：“多美丽的鞋啊！”她无心地轻轻地叹了一声道：“不知我穿不穿得破这双鞋呢？”说了之后自知失口，忧郁地回到房中去了。于是在一天，当她还没有穿上新鞋的一天，她早起坐在镜前理她的鬓发，她觉得十分疲倦无力了，在早晨就疲倦得这样！她对镜端详了好久，悄然复回睡到床上，这样，便一声不响地永远地睡着了，没有留下一句告别的话……过后别人把她亲制的鞋子交给我，并告诉我这句话，我心里便想：“所以说话总要留心啊！”

因此我怕看那迷幻莫测的人们的眼泪的晶球。我怕信口开河的fortune teller的唇边的感语有时竟会幻成事实。我再也不敢像从前一样地在卖卜的摊前戏谑地随意掷下几个铜子，当他问我何事求卜的时候，思索了一回才回答道：“我问一位远地的哥哥的平安。”因为我爱我的哥哥。我也怕听在我的头顶上从寒空里投下一串乌鸦的“哇”声。我怕听见丧夫的邻妇朝暮的啼哭。我欢喜看新年时在破旧黝黑的门窗上贴大红的楹联，我赞美满街的爆竹和空气里硝磺的气味。我也预备了红红绿绿的希望和吉祥的祝福，来分赠给比我年幼的和比我年长的人，愿他们幸福。

让“谶”成于既往，愿来日平安吧。

冬　天

朱自清

说起冬天，忽然想到豆腐。是一“小洋锅”（铝锅）白水煮豆腐，热腾腾的。水滚着，像好些鱼眼睛，一小块豆腐养在里面，嫩而滑，仿佛反穿的白狐大衣。

锅在“洋炉子”（煤油不打气炉）上，和炉子都熏得乌黑乌黑，越显出豆腐的白。这是晚上，屋子老了，虽点着“洋灯”，也还是阴暗。围着桌子坐的是父亲跟我们哥儿三个。

“洋炉子”太高了，父亲得常常站起来，微微地仰着脸，觑着眼睛，从氤氲的热气里伸进筷子，夹起豆腐，一一地放在我们的酱油碟里。我们有时也自己动手，但炉子实在太高了，总还是坐享其成的多。这并不是吃饭，只是玩儿。

父亲说晚上冷，吃了大家暖和些。我们都喜欢这种白水豆腐，一上桌就眼巴巴望着那锅，等着那热气，等着热气里从父亲筷子上掉下来的豆腐。

又是冬天，记得是阴历十一月十六日晚上，跟S君P君在西湖里坐小划子。S君刚到杭州教书，事先来信说："我们要游西湖，不管它是冬天。"

那晚月色真好，现在想起来还像照在身上。本来前一晚上"月当头"，也许十一月的月亮真有些特别吧。那时九点多了，湖上似乎只有我们一只划子。有点风，月光照着软软的水波，当间那一溜儿反光，像新砑的银子。湖上的山只剩了淡淡的影子。

山下偶尔有一两星灯光。S君口占两句诗道："数星灯光认渔村，淡墨轻描远黛痕。"我们都不大说话，只有均匀的桨声。我渐渐地快睡着了。

P君"喂"了一下，才抬起眼皮，看见他在微笑。这已是十多年前的事了，S君还常常通着信，P君听说转变了好几次，前年是在一个特税局里收税了，以后便没有消息。

在台州过了一个冬天，一家四口子。台州是个山城，可以说在一个大谷里。只有一条二里长的大街。别的路上白天简直不见人；晚上一片漆黑，偶尔人家窗户里透出一点灯光，还有走路的拿着火把，但那是少极了。

我们住在山脚下。有的是山上松林里的风声，跟天上一只两只的鸟影。夏末到那里，春初便走，却好像老在过着冬天似的；可是即便真冬天也并不冷。我们住在楼上，书房临着大路；路上有人说话，可以清清楚楚地听见。

但因为走的人太少了，间或有点说话的声音，听起来还只当远风送来的，想不到就在窗外。我们是外路人，除上学校去之外，常只在家里坐着。妻也惯了那寂寞，只和我们爷儿们守着。

外边虽老是冬天，家里却老是春天。有一回我上街去，回来的时候，楼下厨房的大方窗开着，并排地挨着她们母子三个；三张脸都带着天真微笑地向着我。

似乎台州空空的，只有我们四人；天地空空的，也只有我们四人。那时是民国十年，妻刚从家里出来，满自在。现在她死了快四年了，我却还老记得她那微笑的影子。无论怎么冷，大风大雪，想到这些，我心上总是温暖的。

叁

人总爱那些轻松的日子

雨过天晴驾小船，鱼在一边，酒在一边

匆　匆

朱自清

燕子去了，有再来的时候；杨柳枯了，有再青的时候；桃花谢了，有再开的时候。但是，聪明的，你告诉我，我们的日子为什么一去不复返呢？——是有人偷了他们罢：那是谁？又藏在何处呢？是他们自己逃走了罢：现在又到了哪里呢？

我不知道他们给了我多少日子；但我的手确乎是渐渐空虚了。在默默里算着，八千多日子已经从我手中溜去；像针尖上一滴水滴在大海里，我的日子滴在时间的流里，没有声音，也没有影子。我不禁头涔涔而泪潸潸了。

去的尽管去了，来的尽管来着；去来的中间，又怎样地匆匆呢？早上我起来的时候，小屋里射进两三方斜斜的太阳。太阳他有脚啊，轻轻悄悄地挪移了；我也茫茫然跟着旋转。

于是——洗手的时候，日子从水盆里过去；吃饭的时候，日子从饭碗里过去；默默时，便从凝然的双眼前过去。

我觉察他去得匆匆了，伸出手遮挽时，他又从遮挽着的手边过去，天黑时，我躺在床上，他便伶伶俐俐地从我身上跨过，从我脚边飞去了。

等我睁开眼和太阳再见，这算又溜走了一日。我掩着面叹息。但是新来的日子的影儿又开始在叹息里闪过了。

在逃去如飞的日子里，在千门万户的世界里的我能做些什么呢？只有徘徊罢了，只有匆匆罢了；在八千多日的匆匆里，除徘徊外，又剩些什么呢？

过去的日子如轻烟，被微风吹散了，如薄雾，被初阳蒸融了；我留着些什么痕迹呢？我何曾留着像游丝样的痕迹呢？我赤裸裸来到这世界，转眼间也将赤裸裸的回去罢？但不能平的，为什么偏要白白走这一遭啊？

你聪明的，告诉我，我们的日子为什么一去不复返呢？

春意挂上了树梢

萧红

三月花还没有开，人们嗅不到花香，只是马路上融化了积雪的泥泞干起来。天空打起朦胧的多有春意的云彩；暖风和轻纱一般浮动在街道上，院子里。春末了，关外的人们才知道春来。春是来了，街头的白杨树蹿着芽，拖马车的马冒着气，马车夫们的大毡靴也不见了，行人道上外国女人的脚又从长筒套鞋里显现出来。笑声，见面打招呼声，又复活在行人道上。商店为着快快地传播春天的感觉，橱窗裸的花已经开了，草也绿了，那是布置着公园的夏景。我看得很凝神的时候，有人撞了我一下，是汪林，她也戴着那小檐的帽子。

“天真暖啦！走路都有点热。”

看着她转过“商市街”，我们才来到另一家店铺，并不是买什么，只是看看，同时晒晒太阳。

这样好的行人道，有树，也有椅子，坐在椅子上，把眼睛闭起，一切春的梦，春的谜，春的暖力……这一切把自己完全陷进去。听着，听着吧！春在歌唱……

“大爷，大奶奶……帮帮吧！……”这是什么歌呢，从背后来的？这不是春天的歌吧！

那个叫花子嘴里吃着个烂梨，一条腿和一只脚肿得把另一只显得好像不存在似的。

“我的腿冻坏啦！大爷，帮帮吧！唉唉……！”

有谁还记得冬天？阳光这样暖了！街树蹿着芽！

手风琴在隔道唱起来，这也不是春天的调，只要一看那个瞎人为着拉琴而挪歪的头，就觉得很残忍。瞎人他摸不到春天，他没有。坏了腿的人，他走不到春天，他有腿也等于无腿。

世界上这一些不幸的人，存在着也等于不存在，倒不如赶早把他们消灭掉，免得在春天他们会唱这样难听的歌。

汪林在院心吸着一支烟卷，她又换一套衣裳。那是淡绿色的，和树枝发出的芽一样的颜色。她腋下夹着一封信，看见我们，赶忙把信送进衣袋去。

“大概又是情书吧！”郎华随便说着玩笑话。

她跑进屋去了。香烟的烟缕在门外打了一下旋卷才消灭。

夜，春夜，中央大街充满了音乐的夜。流浪人的音乐，日本舞场的音乐，外国饭店的音乐……

七点钟以后。中央大街的中段，在一条横口，那个很响的扩音机哇哇地叫起来，这歌声差不多响彻全街。若站在商店的玻璃窗前，会疑心是从玻璃发着震响。一条完全在风雪里寂寞的大街，今天第一次又号叫起来。

外国人！绅士样的，流氓样的，老婆子，少女们，跑了满舍……有的连起人排来封闭住商店的窗子，但这只限于年轻人。也有的同唱机一样唱起来，但这也只限于年轻人。

这好像特有的年轻人的集会。他们和姑娘们一道说笑，和姑娘们连起排来走。中国人来混在这些卷发人中间，少得只有七分之一，或八分之一。但是汪林在其中，我们又遇到她。她和另一个也和她同样打扮漂亮的、白脸的女人同走……卷发的人用俄国话说她漂亮。她也用俄国话和他们笑了一阵。

中央大街的南端，人渐渐稀疏了。

樯根，转角，都发现着哀哭，老头子，孩子，母亲们……哀哭着的是永久被人间遗弃的人们！那边，还望得见那边快乐的人群。还听得见那边快乐的声音。

三月，花还没有，人们嗅不到花香。

夜的街，树枝上嫩绿的芽子看不见，是冬天吧？是秋天吧？但快乐的人们，不问四季总是快乐；哀哭的人们，不问四季也总是哀哭！

水样的春愁

郁达夫

洋学堂里的特殊科目之一，自然是伊利哇拉的英文。现在回想起来，虽不免有点觉得好笑，但在当时，杂在各年长的同学当中，和他们一样地曲着背，耸着肩，摇摆着身体，用了读《古文辞类纂》的腔调，高声朗诵着皮衣啤，皮哀排的精神，却真是一点儿含糊苟且之处都没有的。初学会写字母之后，大家所急于想一试的，是自己的名字的外国写法；于是教英文的先生，在课余之暇就又多了一门专为学生拼英文名字的工作。有几位想走捷径的同学，并且还去问过先生，外国《百家姓》和外国《三字经》有没有得买的？先生笑着回答说，外国《百家姓》和《三字经》，就只有你们在读的那一本泼刺玛的时候，同学们于失望之余，反更是皮哀排，皮衣啤地叫得起劲。当然是不用说的，学英文还没有到一个礼拜，几本当教科书用的《十三经注疏》

《御批通鉴辑览》的黄封面上，大家都各自用墨水笔题上了英文拼的歪斜的名字。又进一步，便是用了异样的发音，操英文说着“你是一只狗”“我是你的父亲”之类的话，大家互讨便宜的混战；而实际上，有几位乡下的同学，却已经真的是两三个小孩子的父亲了。

因为一班之中，我的年龄算最小，所以自修室里，当监课的先生走后，另外的同学们在密语着哄笑着的关于男女的问题，我简直一点儿也感不到兴趣。从性知识发育落后的一点上说，我确不得不承认自己是一个最低能的人。又因自小就习于孤独，困于家境的结果，怕羞的心，畏缩的性，更使我的胆量，变得异常的小。在课堂上，坐在我左边的一位同学，年纪只比我大了一岁，他家里有几位相貌长得和他一样美的姊妹，并且住得也和学堂很近很近。因此，在校里，他就是被同学们苦缠得最厉害的一个；而礼拜天或假日，他的家里，就成了同学们的聚集的地方。当课余之暇，或放假期里，他原也恳切地邀过我几次，邀我上他家里去玩去；但形秽之感，终于把我的向往之心压住，曾有好几次想决心跟了他上他家去，可是到了他们的门口，却又同罪犯似的逃了。他以他的美貌，以他的财富和姊妹，不但在学堂里博得了绝大的声势，就是在我们那小小的县城里，也赢得了一般的好誉。而尤其使我羡慕的，是他的那一种对同我们是同年辈的异性们的周旋才略，当时我们县城里的几位相貌比较艳丽一点的女性，个个是和他要好的，但他也实在真胆大，真会取巧。

当时同我们是同年辈的女性，装饰入时，态度豁达，为大家所称道的，有三个。一个是一位在上海开店，富甲一邑的商人赵某的侄女；她住得和我最近。还有两个，也是比较富有的中产人家的女儿，在交通不便的当时，已经各跟了她们家里的亲戚，到杭州上海等地方去跑跑了；她们俩，却都是我那位同学的邻居。这三个女性的门前，当傍晚的时候，或月明的中夜，老有一个一个的黑影在徘徊；这些黑影的当中，有不少却是我们的同学。因为每到礼拜一的早晨，没有上课之先，我老听见有同学们在操场上笑说在一道，并且时时还高声地用着英文作了隐语，如“我看见她了！”“我听见她在读书”之类。而无论在什么地方于什么时候的凡关于这一类的谈话的中心人物，总是课堂上坐在我的右边，年龄只比我大一岁的那一位天之骄子。

赵家的那位少女，皮色实在细白不过，脸形是瓜子脸；更因为她家里有了几个钱，而又时常上上海她叔父那里去走动的缘故，衣服式样的新异，自然可以不必说，就是做衣服的材料之类，也都是当时未开通的我们所不曾见过的。她们家里，只有一位寡母和一个年轻的女仆，而住的房子却很大很大。门前是一排柳树，柳树下还杂种着些鲜花；对面的一带红墙，是学宫的泮水围墙，泮池上的大树，枝叶垂到了墙外，红绿便映成着一色。当浓春将过，首夏初来的春三四月，脚踏着日光下石砌路上的树影，手捉着扑面飞舞的杨花，到这一条路上去走走，就是没有什么另外的奢望，也很有点像梦里的游行，更何况楼头窗里，时常会有那一张少女的粉脸出来向你抛一眼两眼的低眉斜视呢！此外的两个女性，相貌更是完整，衣饰也尽够美丽，并且因为她俩的住址接近，出来总在一道，平时在家，也老在一处，所以胆子也大，认识的人也多。她们在二十余年前的当时，已经是开放得很，有点像现代的自由女子了，因而上她们家里去鬼混，或到她们门前去守望的青年，数目特别的多，种类也自然要杂。

我虽则胆量很小，性知识完全没有，并且也有点过分的矜持，以为成日地和女孩子们混在一道，是读书人的大耻，是没出息的行为；但到底还是一个亚当的后裔，喉头的苹果，怎么也吐它不出咽它不下，同北方厚雪地下的细草萌芽一样，到得冬来，自然也难免得有些望春之意；老实说将出来，我偶尔在路上遇见她们中间的无论哪一个，或凑巧在她们门前走过一次的时候，心里也着实有点儿难受。

住在我那同学邻近的两位，因为距离的关系，更因为她们的处世知识比我长进，人生经验比我老成得多，和我那位同学当然是早已有过纠葛，就是和许多不是学生的青年男子，也各已有了种种的风说，对于我虽像是一种含有毒汁的妖艳的花，诱惑性或许格外地强烈，但明知我自己决不是她们的对手，平时不过于遇见的时候有点难以为情的样子，此外倒也没有什么了不得的思慕，可是那一位赵家的少女，却整整地恼乱了我两年的童心。

我和她的住处比较地近，故而三日两头，总有着见面的机会。见面的时候，她或许是无心，只同对于其他的同年辈的男孩子打招呼一样，对我微笑一下，点一点头，但在我却感得同犯了大罪被人发觉了的样子，和她见面一次，马上要变得头昏耳热，胸腔里的一颗心突突地总有半个钟头好跳。因此，我上学去或下课回来；以及平时在家或出外去的时候，总无时无刻不在留心，想避去和她的相见。但遇到了她，等她走过去后，或用功用得很疲乏把眼睛从书本子举起的一瞬间，心里又老在盼望，盼望着她再来一次，再上我的眼面前来立着对我微笑一脸。

有时候从家中进出的人的口里传来，听说“她和她母亲又上上海去了，不知要什么时候回来？”我心里会同时感到一种像释重负又像失去了什么似的忧虑，生怕她从此一去，将永久地不回来了。

同芭蕉叶似的重重包裹着的我这一颗无邪的心，不知在什么地方，透露了消息，终于被课堂上坐在我左边的那位同学看穿了。一个礼拜六的下午，落课之后，他轻轻地拉着了我的手对我说：“今天下午，赵家的那个小丫头，要上倩儿家去，你愿不愿意和我同去一道玩儿？”这里所说的倩儿，就是那两位他邻居的女孩子之中的一个的名字。我听了他的这一句密语，立时就涨红了脸，喘急了气，嗫嚅着说不出一句话来回答他，尽在拼命地摇头，表示我不愿意去，同时眼睛里也水汪汪地想哭出来的样子；而他却似乎已经看破了我的隐衷，得着了我的同意似的用强力把我拖出了校门。

到了倩儿她们的门口，当然又是一番争执，但经他大声地一喊，门里的三个女孩，却同时笑着跑出来了；已经到了她们的面前，我也没有什么别的办法了，自然只好俯着首，红着脸，同被绑赴刑场的死刑囚似的跟她们到了室内。经我那位同学带了滑稽的声调将如何把我拖来的情节说了一遍之后，她们接着就是一阵大笑。我心里有点气起来了，以为她们和他在侮辱我，所以于羞愧之上，又加了一层怒意。但是奇怪得很，两只脚却软落来了，心里虽在想一溜跑走，而腿神经终于不听命令。跟她们再到客房里去坐下，看他们四人捏起了骨牌，我连想跑的心思也早已忘掉，坐将在我那位同学的背后，眼睛虽则时时在注视着牌，但间或得着机会，也着实向她们的脸部偷看了许多次数。等她们的输赢赌完，一餐东道的夜饭吃过，我也居然和她们伴熟，有说有笑了。临走的时候，倩儿的母亲还派了我一个差使，点上灯笼，要我把赵家的女孩送回家去。自从这一回后，我也居然入了我那同学的伙，不时上赵家和另外的两女孩家去进出了；可是生来胆小，又加以毕业考试的将次到来，我的和她们的来往，终没有像我那位同学似的繁密。

正当我十四岁的那一年春天（一九〇九，宣统元年己酉），是旧历正月十三的晚上，学堂里于白天给予了我以毕业文凭及增生执照之后，就在大厅上摆起了五桌送别毕业生的酒宴。这一晚的月亮好得很，天气也温暖得像二三月的样子。满城的爆竹，是在庆祝新年的上灯佳节，我于喝了几杯酒后，心里也感到了一种不能抑制的欢欣。出了校门，踏着月亮，我的双脚，便自然而然地走向了赵家。她们的女仆陪她母亲上街去买蜡烛水果等过元宵的物品去了，推门进去，我只见她一个人拖着了一条长长的辫子，坐在大厅上的桌子边上洋灯底下练习写字。听见了我的脚步声音，她头也不朝转来，只曼声地问了一声“是谁？”我故意屏着声，提着脚，轻轻地走上了她的背后，一使劲一口就把她面前的那盏洋灯吹灭了。月光如潮水似的浸满了这一座朝南的大厅，她于一声高叫之后，马上就把头朝了转来。我在月光里看见了她那张大理石似的嫩脸，和黑水晶似的眼睛，觉得怎么也熬忍不住了，顺势就伸出了两只手去，捏住了她的手臂。两人的中间，她也不发一语，我也并无一言，她是扭转了身坐着，我是向她立着的。她只微笑着看看我看看月亮，我也只微笑着看看她看看中庭的空处，虽然此处的动作，轻薄的邪念，明显的表示，一点儿也没有，但不晓怎样一股满足，深沉，陶醉的感觉，竟同四周的月光一样，包满了我的全身。

两人这样的在月光里沉默着相对，不知过了多久，终于她轻轻地开始说话了：“今晚上你在喝酒？”“是的，是在学堂里喝的。”到这里我才放开了两手，向她边上的一张椅子里坐了下去。“明天你就要上杭州去考中学去吗？”停了一会，她又轻轻地问了一声。“嗳，是的，明朝坐快班船去。”两人又沉默着，不知坐了几多时候，忽听见门外头她母亲和女仆说话的声音渐渐儿地近了，她于是就忙着立起来擦洋火，点上了洋灯。

她母亲进到了厅上，放下了买来的物品，先向我说了些道贺的话，我也告诉了她，明天将离开故乡到杭州去；谈不上半点钟的闲话，我就匆匆告辞出来了。在柳树影里披了月光走回家来，我一边回味着刚才在月光里和她两人相对时的沉醉似的恍惚，一边在心的底里，忽儿又感到了一点极淡极淡，同水一样的春愁。

半日的游程

郁达夫

去年有一天秋晴的午后，我因为天气实在好不过，所以就搁下了当时正在赶着写的一篇短篇的笔，从湖上坐汽车驰上了江干。在儿时习熟的海月桥、花牌楼等处闲走了一阵，看看青天，看看江岸，觉得一个人有点寂寞起来了，索性就朝西的直上，一口气便走到了二十几年前曾在那里度过半年学生生活的之江大学的山中。二十年的时间的印迹，居然处处都显示了面形：从前的一片荒山，几条泥路，与夫乱石幽溪，草房藩溷，现在都看不见了。尤其要使人感觉到我老何堪的，是在山道两旁的那一排青青的不凋冬树；当时只同豆苗似的几根小小的树秧，现在竟长成了可以遮蔽风雨，可以掩障烈日的长林。不消说，山腰的平处，这里那里，一所所的轻巧而经济的住宅，也添造了许多；像在画里似的附近山川的大致，虽仍依旧，但校址的周围，变化却竟簇生了不少。第一，从前在大礼堂前的那一丝空地，本来是下临绝谷的半边山道，现在却已将面前的深谷填平，变成了一大球场。大礼堂西北的略高之处，本来是有几枝被朔风摧折得弯腰屈背的老树孤立在那里的，现在却建筑起了三层的图书文库了。二十年的岁月！三千六百日的两倍的七千二百的日子！以这一短短的时节，来比起天地的悠长来，原不过是像白驹的过隙，但是时间的威力，究竟是绝对的暴君，曾日月之几何，我这一个本在这些荒山野径里驰骋过的毛头小子，现在也竟垂垂老了。

一路上走着看着，又微微地叹着，自山的脚下，走上中腰，我竟费去了三十来分钟的时刻。半山里是一排教员的住宅，我的此来，原因为在湖上在江干孤独得怕了。想来找一位既是同乡，又是同学，而自美国回来之后就在这母校里服务的胡君，和他来谈谈过去，赏赏清秋，并且也可以由他这里来探到一点故乡的消息的。

两个人本来是上下年纪的小学校的同学，虽然在这二十几年中见面的机会不多，但或当暑假，或在异乡，偶尔遇着的时候，却也有一段不能自已的柔情，油然会生起在各个的胸中。我的这一回的突然的袭击。原也不过是想使他惊骇一下，用以加增加增亲热的效力的企图；升堂一见，他果然是被我骇倒了。

“哦！真难得！你是几时上杭州来的？”他惊笑着问我。

“来了已经多日了，我因为想静静儿地写一点东西，所以朋友们都还没有去看过。今天实在天气太好了，在家里坐不住，因而一口气就跑到了这里。”

“好极！好极！我也正在打算出去走走，就同你一道上溪口去吃茶去吧，沿钱塘江到溪口去的一路的风景，实在是不错！”

沿溪入谷，在风和日暖，山近天高的田塍道上，二人慢慢地走着，谈着，走到九溪十八涧的口上的时候，太阳已经斜到了去山不过丈来高的地位了。在溪房的石条上坐落，等茶庄里的老翁去起茶煮水的中间，向青得还像初春似的四山一看。我的心坎里不知怎么，竟充满了一股说不出的飒爽的清气。两人在路上，说话原已经说得很多了，所以一到茶庄，都不想再说下去，只瞪目坐着，在看四周的山和脚下的水，忽而嘘朔朔朔的一声，在半天里。晴空中一只飞鹰，像霹雳似的叫过了，两山的回音，更缭绕地震动了许多时。我们两人头也不仰起来，只竖起耳朵，在静听着这鹰声的响过。回响过后，两人不期而遇地将视线凑集了拢来，更同时破颜发了一脸微笑，也同时不谋而合地叫了出来说：

“真静啊！”

“真静啊！”

等老翁将一壶茶搬来，也在我们边上的石条上坐下，和我们攀谈了几句之后，我才开始问他说：“久住在这样寂静的山中，山前山后，一个人也没有得看见，你们倒也不觉得怕的吗？”

“怕啥东西？我们又没有龙连（钱），强盗绑匪，难道肯到孤老院里来讨饭吃的吗？并且春三二月，外国清明，这里的游客，一天也有好几千。冷清的，就只不过这几个月。”

我们一面喝着清茶，一面只在贪味着这阴森得同太古似的山中的寂静，不知不觉，竟把摆在桌上的四碟糕点都吃完了，老翁看了我们的食欲的旺盛，就又推荐着他们自造的西湖藕粉和桂花糖说：“我们的出品，非但在本省口碑载道，就是外省，也常有信来邮购的，两位先生冲一碗尝尝看如何？”

大约是山中的清气，和十几里路的步行的结果吧。那一碗看起来似鼻涕，吃起来似泥沙的藕粉，竟使我们嚼出了一种意外的鲜味。等那壶龙井芽茶冲得已无茶味，而我身边带着的一盒绞盘牌（一种香烟品牌）也只剩了两支的时节，觉得今天是行得特别快的那轮秋日，早就在西面的峰旁躲去了。谷里虽掩下了一层阴影，而对面东首的山头，还映得金黄浅碧，似乎是山灵在预备去赴夜宴而铺陈着浓妆的样子。我昂起了头，正在赏玩着这一幅以青天为背景的夕照的秋山，忽听见耳旁的老翁以富有抑扬的杭州土音计算着账说：

“一茶，四碟，二粉，五千文！”

我真觉得这一串话是有诗意极了，就回头来叫了一声说：“老先生！你是在对课呢？还是在做诗？”他倒惊了起来，张圆了两眼呆视着问我：

“先生你说啥话语？”

“我说，你不是在对课吗？三竺六桥，九溪十八涧，你不是对上了‘一茶四碟，二粉五千文’了吗？”

说到了这里，他才摇动着胡子，哈哈地大笑了起来，我们也一道笑了。付账起身，向右走上了去理安寺的那条石砌小路，我们俩在山嘴将转弯的时候，三人的呵呵呵呵的大笑的余音，似乎还在那寂静的山腰，寂静的溪口，作不绝如缕的回响。

秋　夜

鲁迅

在我的后园，可以看见墙外有两株树，一株是枣树，还有一株也是枣树。

这上面的夜的天空，奇怪而高，我生平没有见过这样奇怪而高的天空。他仿佛要离开人间而去，使人们仰面不再看见。然而现在却非常之蓝，闪闪地映着几十个星星的眼，冷眼。他的口角上现出微笑，似乎自以为大有深意，而将繁霜洒在我的园里的野花草上。

我不知道那些花草真叫什么名字，人们叫他们什么名字。我记得有一种开过极细小的粉红花，现在还开着，但是更极细小了，她在冷的夜气中，瑟缩地做梦，梦见春的到来，梦见秋的到来，梦见瘦的诗人将眼泪擦在她最末的花瓣上，告诉她秋虽然来，冬虽然来，而此后接着还是春蝴蝶乱飞，蜜蜂都唱起春词来了。她于是一笑，虽然颜色冻得红惨惨地，仍然瑟缩着。

枣树，他们简直落尽了叶子。先前，还有一两个孩子来打他们，别人打剩的枣子，现在是一个也不剩了，连叶子也落尽了。他知道小粉红花的梦，秋后要有春；他也知道落叶的梦，春后还是秋。他简直落尽叶子，单剩干子，然而脱了当初满树是果实和叶子时候的弧形，欠伸得很舒服。但是，有几枝还低亚着，护定他从打枣的竿梢所得的皮伤，而最直最长的几枝，却已默默地铁似的直刺着奇怪而高的天空，使天空闪闪地鬼䀹眼；直刺着天空中圆满的月亮，使月亮窘得发白。

鬼䀹眼的天空越加非常之蓝，不安了，仿佛想离去人间，避开枣树，只将月亮剩下。然而月亮也暗暗地躲到东边去了。而一无所有的干子，却仍然默默地铁似的直刺着奇怪而高的天空，一意要制他的死命，不管他各式各样地䀹着许多蛊惑的眼睛。

哇的一声，夜游的恶鸟飞过了。

我忽而听到夜半的笑声，吃吃地，似乎不愿意惊动睡着的人，然而四围的空气都应和着笑。夜半，没有别的人，我即刻听出这声音就在我嘴里，我也即刻被这笑声所驱逐，回进自己的房。灯火的带子也即刻被我旋高了。

后窗的玻璃上丁丁地响，还有许多小飞虫乱撞。不多久，几个进来了，许是从窗纸的破孔进来的。他们一进来，又在玻璃的灯罩上撞得丁丁地响。一个从上面撞进去了，他于是遇到火，而且我以为这火是真的。两三个却休息在灯的纸罩上喘气。那罩是昨晚新换的罩，雪白的纸，折出波浪纹的叠痕，一角还画出一枝猩红色的栀子。

猩红的栀子开花时，枣树又要做小粉红花的梦，青葱地弯成弧形了……。我又听到夜半的笑声；我赶紧砍断我的心绪，看那老在白纸罩上的小青虫，头大尾小，向日葵子似的，只有半粒小麦那么大，遍身的颜色苍翠得可爱，可怜。

我打一个呵欠，点起一支纸烟，喷出烟来，对着灯默默地敬奠这些苍翠精致的英雄们。

故乡的野菜

周作人

我的故乡不止一个，我住过的地方都是故乡。故乡对于我并没有什么特别的情分，只因钓于斯游于斯的关系，朝夕会面，遂成相识，正如乡村里的邻舍一样，虽然不是亲属，别后有时也要想念到他。我在浙东住过十几年，南京东京都住过六年，这都是我的故乡；现在住在北京，于是北京就成了我的家乡了。

日前我的妻往西单市场买菜回来，说起有荠菜在那里卖着，我便想起浙东的事来。荠菜是浙东人春天常吃的野菜，乡间不必说，就是城里只要有后园的人家都可以随时采食，妇女小儿各拿一把剪刀一只“苗篮”，蹲在地上搜寻，是一种有趣味的游戏的工作。那时小孩们唱道：“荠菜马兰头，姊姊嫁在后门头。”后来马兰头有乡人拿来进城售卖了，但荠菜还是一种野菜，须得自家去采。关于荠菜向来颇有风雅的传说，不过这似乎以吴地为主。《西湖游览志》云：“三月三日男女皆戴荠菜花。谚云：三春戴荠花，桃李羞繁华。”顾禄的《清嘉录》上亦说：“荠菜花俗呼野菜花，因谚有三月三蚂蚁上灶山之语，三日人家皆以野菜花置灶陉上，以厌虫蚁。侵晨（天快亮的时候）村童叫卖不绝。或妇女簪髻上以祈清目，俗号眼亮花。”但浙东人却不很理会这些事情，只是挑来做菜或炒年糕吃罢了。

黄花麦果通称鼠曲草，系菊科植物，叶小微圆互生，表面有白毛，花黄色，簇生梢头。春天采嫩叶，捣烂去汁，和粉作糕，称黄花麦果糕。小孩们有歌赞美之云：

“黄花麦果韧结结，关得大门自要吃：半块拿弗出，一块自要吃。”

清明前后扫墓时，有些人家——大约是保存古风的人家——用黄花麦果作供，但不作饼状，做成小颗如指顶大，或细条如小指，以五六个作一攒，名曰茧果，不知是什么意思，或因蚕上山时设祭，也用这种食品，故有是称，亦未可知。自从十二三岁时外出不参与外祖家扫墓以后，不复见过茧果，近来住在北京，也不再见黄花麦果的影子了。日本称作“御形”，与荠菜同为春的七草之一，也采来做点心用，状如艾饺，名曰“草饼”，春分前后多食之，在北京也有，但是吃去总是日本风味，不复是儿时的黄花麦果糕了。

扫墓时候所常吃的还有一种野菜，俗名草紫，通称紫云英。农人在收获后，播种田内，用作肥料，是一种很被贱视的植物，但采取嫩茎瀹食，味颇鲜美，似豌豆苗。花紫红色，数十亩接连不断，一片锦绣，如铺着华美的地毯，非常好看，而且花朵状若蝴蝶，又如鸡雏，尤为小孩所喜。间有白色的花，相传可以治痢，很是珍重，但不易得。日本《俳句大辞典》云："此草与蒲公英同是习见的东西，从幼年时代便已熟识。在女人里边，不曾采过紫云英的人，恐未必有吧。"中国古来没有花环，但紫云英的花球却是小孩常玩的东西，这一层我还替那些小人们欣幸的，浙东扫墓用鼓吹，所以少年常随了乐音去看"上坟船里的姣姣"；没有钱的人家虽没有鼓吹，但是船头上篷窗下总露出些紫云英和杜鹃的花束，这也就是上坟船的确实的证据了。

羊肝饼

周作人

有一件东西，是本国出产的，被运往外国经过四五百年之久，又运了回来，却换了别一个面貌了。这在一切东西都是如此，但在吃食有偏好关系的物事，尤其显著，如有名茶点的“羊羹”，便是最好的一例。

“羊羹”这名称不见经传，一直到近时北京仿制，才出现市面上。这并不是羊肉什么做的羹，乃是一种净素的食品，系用小豆做成细馅，加糖精制而成，凝结成块，切作长物，所以实事求是，理应叫作“豆沙糖”才是正办。但是这在日本（因为这原是日本仿制的食品）一直是这样写的，他们也觉得费解，加以说明，最近理的一种说法是，这种豆沙糖在中国本来叫作羊肝饼，因为饼的颜色相像，传到日本，不知因何传讹，称为羊羹了。虽然在中国查不出羊肝饼的故典，未免缺恨，不过唐朝时代的点心有哪几种，至今也实难以查清，所以最好承认，算是合理的说明了。

传授中国学问技术去日本的人，是日本的留学僧人，他们于学术之外，还把些吃食东西传过去。羊肝饼便是这些和尚带回去的食品，在公历十五六世纪“茶道”发达时代，便开始作为茶点而流行起来。在日本文化上有一种特色，便是“简单”，在一样东西上精益求精地干下来，在吃食上也有此风，于是便有一家专做羊肝饼（羊羹）的店，正如做昆布（海带）的也有专门店一样。结果是“羊羹”大大的有名，有纯粹豆沙的，这是正宗，也有加栗子的，或用柿子做的，那是旁门，不足重了。现在说起日本茶食，总第一要提出“羊羹”，不知它的祖宗是在中国，不过一时无可查考罢了。

近时在中国市场上，又查着羊肝饼的子孙，仍旧叫作“羊羹”，可是已经面目全非，——因为它已加入西洋点心的队伍里去了。它脱去了“简单”的特别衣服，换上了时髦装束，做成“奶油”“香草”，各种果品的种类。我希望它至少还保留一种，有小豆的清香的纯豆沙的羊羹，熬得久一点，可以经久不变，却不可复得了。倒是做冰棍（上海叫棒冰）的在各式花样之中，有一种小豆的，用豆沙做成，很有点羊肝饼的意思，觉得是颇可吃得，何不利用它去制成一种可口的吃食呢。

故乡的杨梅

鲁彦

过完了长期的蛰伏生活，眼看着新黄嫩绿的春天爬上了枯枝，正欣喜着想跑到大自然的怀中，发泄胸中的郁抑，却忽然病了。

唉，忽然病了。

我这粗壮的躯壳，不知道经过了多少炎夏和严冬，被轮船和火车抛掷过多少次海角与天涯，尝受过多少辛劳与艰苦，从来不知道战栗或疲倦的呵，现在却呆木地躺在床上，不能随意地转侧了。

尤其是这躯壳内的这一颗心。它历年可是铁一样的。对着眼前的艰苦，它不会畏缩；对着未来的憧憬，它不肯绝望；对着过去的痛苦，它不愿回忆的呵，然而现在，它却尽管凄凉地、往复地想了。

唉，唉，可悲呵，这病着的躯壳的病着的心。

尤其是对着这细雨连绵的春天。

这雨，落在西北，可不全像江南的故乡的雨吗？细细的，丝一样，若断若续的。

故乡的雨，故乡的天，故乡的山河和田野……还有那蔚蓝中衬着整齐的金黄的菜花的春天，藤黄的稻穗带着可爱的气息的夏天，蟋蟀和纺织娘们在濡湿的草中唱着诗的秋天，小船吱吱地触着沉默的薄冰的冬天……还有那熟识的道路，还有那亲密的故居……

不，不，我不想这些，我现在不能回去，而且是病着，我得让我的心平静；恢复我过去的铁一般的坚硬，告诉自己：这雨是落在西北，不是故乡的雨——而且不像春天的雨，却像夏天的雨。

不要那样想吧，我的可怜的心呵，我的头正像夏天的烈日下的汽油缸，将要炸裂了，我的嘴唇正干燥得将要迸出火花来了呢。让这夏天的雨来压下我头部的炎热，让……让……

唉，唉，就说是故乡的杨梅吧……它正是在类似这样的雨天成熟的呵。

故乡的食物，我没有比这更喜欢的了。倘若我爱故乡，不如就说我完全是爱的这叫作杨梅的果子吧。

呵，相思的杨梅！它有着多么惊异的形状，多么可爱的颜色，多么甜美的滋味呀。

它是圆的，和大的龙眼一样大小，远看并不稀奇，拿到手里，原来它是遍身生着刺的哩。这并非它的壳，这就是它的肉。不知道的人，一定以为这满身生着刺的果子是不能进口的了，否则也须用什么刀子削去那刺的尖端的吧？然而这是过虑。它原来是希望人家爱它吃它的。只要等它渐渐长熟，它的刺也渐渐软了，平了。那时放到嘴里，软滑之外还带着什么感觉呢？没有人能想得到，它还保存着它的特点，每一根刺平滑地在舌尖上触了过去，细腻柔软而且亲切——这好比最甜蜜的吻，使人迷醉呵。

颜色更可爱呢。它最先是淡红的，像娇嫩的婴儿的面颊，随后变成了深红，像是处女的害羞，最后黑红了——不，我们说它是黑的。然而它并不是黑，也不是黑红，原来是红的。太红了，所以像是黑。轻轻地啄开它，我们就看见了那新鲜红嫩的内部，同时我们已染上了一嘴的红水。说它新鲜红嫩，有的人也许以为一定像贵妃的肉色似的荔枝吧？嗳，那就错了。荔枝的光色是呆板的，像玻璃，像鱼目；杨梅的光色却是生动的，像映着朝霞的露水呢。

滋味吗？没有十分成熟是酸带甜，成熟了便单是甜。这甜味可决不使人讨厌，不但爱吃甜味的人尝了一下舍不得丢掉，就连不爱吃甜味的人也会完全给它吸引住，越吃越爱吃。它是甜的，然而又依然是酸的。而这酸味，我们须待吃饱了杨梅以后，再吃别的东西的时候，才能领会得到。那时我们才知道自己的牙齿酸了，软了，连豆腐也咬不下了，于是我们才恍然悟到刚才吃多了酸的杨梅。我们知道这个，然而我们仍然爱它，我们仍须吃一个大饱。它真是世上最迷人的东西。

唉，唉，故乡的杨梅呵。

细雨如丝的时节，人家把它一船一船地载来，一担一担地挑来，我们一篮一篮地买了进来，挂一篮在檐口下，放一篮在水缸盖上，倒上一脸盆，用冷水一洗，一颗一颗地放进嘴里，一面还没有吃了，一面又早已从脸盆里拿起了一颗，一口气吃了一二十颗，有时来不及把它的核一一吐出来，便一直吞进了肚里。

“生了虫呢……蛇吃过了呢……”母亲看见我们吃得快，吃得多，便这样地说了起来，要我们仔细地看一看，多多地洗一番。

但我们并不管这些，它成了我们的生命，我们越吃越快了。

“好吃，好吃。”我们心里这样想着，嘴里却没有余暇说话，待肚子胀上加胀，胀上加胀，眼看着一脸盆的杨梅吃得一颗也不留，这才呆笨地挺着肚子，走了开去，叹气似的嘘出一声“咳”来……

唉，可爱的故乡的杨梅呵。

一年，二年……我已有十六七年不曾尝到它的滋味了。偶尔回到故乡，不是在严寒的冬天，便是在酷热的夏天，或者杨梅还未成熟，或者杨梅已经落完了。这中间，曾经有两次，在异地见到过杨梅，比故乡的小，比故乡的酸，颜色又不及故乡的红。我想回味过去，把它买了许多来。

“长在树上，有虫爬过，有蛇吃过呢……”

我现在成了大人，有了知识，爱惜自己的生命甚于杨梅了。我用沸滚的开水去细细地洗杨梅，觉得还不够消除那上面的微菌似的。

于是它不但更不像故乡的，简直不是杨梅了。我只尝了一二颗，便不再吃下去。

最后一次我终于在离故乡不远的地方见到了可爱的故乡的杨梅。

然而又因为我成了大人，有了知识，爱惜自己的生命甚于杨梅，偶然发现一条小虫，也就拒绝了回味的欢愉。

现在我的味觉也显然改变了，即使回到故乡，遇到细雨如丝的杨梅时节，即使并不害怕从前的那种吃法，我的舌头应该感觉不出从前的那种美味了，我的牙齿应该不能像从前似的能够容忍那酸性了。

唉，故乡离开我愈远了。

我们中间横着许多鸿沟。那不是千万里的山河的阻隔，那是……

唉，唉，我到底病了。我为什么要想到这些呢？

看呵，这眼前的如丝的细雨，不是若断若续地落在西北的春天里吗？

食味杂记

鲁彦

如其他的宁波人一般，我们家里每当十一二月间也要做一石左右米的点心，磨几斗糯米的汤果。所谓点心，就是有些地方的年糕，不过在我们那里还包括着形式略异的薄饼厚饼，元宝等等。汤果则和汤团（有些地方叫作元宵团）完全是一类的东西，所差的是汤果只如钮子那样大小而且没有馅子。点心和汤果做成后，我们几乎天天要煮着当饭吃。我们一家人都非常地喜欢这两种东西，正如其他的宁波人一般。

母亲姐姐妹妹和我都喜欢吃咸的东西，我们总是用菜煮点心和汤果。但父亲的口味恰和我们的相反，他喜欢吃甜的东西。我们每年盼望父亲回家过年，只是要煮点心和汤果吃时，父亲若在家里便有点为难了。父亲吃咸的东西正如我们吃甜的东西一般，一样地咽不下去。我们两方面都难以迁就。母亲是最要省钱的，到了这时也只有甜的和咸的各煮一锅。照普遍的宁彼人的俗例，正月初一必须吃一天甜汤果，因此欢天喜地的元旦在我们是一个磨难的日子，我们常常私自谈起，都有点怪祖宗不该创下这种规例。腻滑滑的甜汤果，我们勉强而又勉强地还吃不下一碗，父亲却能吃三四碗。我们对于父亲的嗜好都觉得奇怪、神秘。“甜的东西是没有一点味的。”我每每对父亲说。

二十几年来，我不仅不喜欢吃甜的东西，而且看见甜的（糖却是例外）还害怕，而至于厌憎。去年珊妹给我的信中有一句“蜜饯一般甜的……”竟忽然引起了我的趣味，觉得甜的滋味中还有令人魂飞的诗意，不能不去探索一下。因此遇到甜的东西，每每捐除了成见，带着几分好奇心情去尝试。直到现在，我的舌头仿佛和以前不同了。它并不觉得甜的没有味，在甜的和咸的东西在面前时，它都要吃一点。“甜的东西是没有一点味的。”这句话我现在不说了。

从前在家里，梅还没有成熟的时候，母亲是不许我去买来吃的，因为太酸了。但明买不能，偷买却还做得到。我非常爱吃酸的东西，我觉得梅熟了反而没有味，梅的美味即在未成熟的时候。故乡的杨梅甜中带酸，在果类中算最美味的，我每每吃得牙齿不能吃饭。大概就是因为吃酸的果品吃惯了，近几年来在吃饭的时候，总是想把任何菜浸在醋中吃。有一年在南京，几乎每餐要一二碗醋。不仅浸菜吃，竟喝着下饭了。朋友们都有点惊骇，他们觉得这是一种古怪的嗜好，仿佛背后有神的力一般。但这在我是再平常也没有的事情了。醋是一种美味的东西，绝不是使人害怕的东西，在我觉得。

许多人以为浙江人都不会吃辣椒，这却不对。据我所知，三江一带的地方，出辣椒的很多，会吃辣椒的人也很多。至于宁波，确是不大容易得到辣椒，宁波人除了少数在外地久住的人外，差不多都不会吃辣椒。辣椒在我们那边的乡间只是一种玩赏品。人家多把它种在小小的花盆里，和鸡冠花、满堂红之类排列在一处，欣赏辣椒由青色变成红色。那里的种类很少，大一点的非常不易得到，普通多是一种圆形的像钮子般大小的所谓钮子辣茄（宁波人喊辣椒为辣茄），但这一种也还并不多见。我年幼时不晓得辣椒是可以吃的东西，只晓得它很辣，除了玩赏还可以欺侮新娘子或新女婿。谁家的花轿进了门，常常便有许多孩子拿了羊尾巴或辣椒伸手到轿内去，往新娘子的嘴上抹，新女婿第一次到岳家时，年青的男女常常串通了厨子，暗地里在他的饭内拌一点辣椒，看他辣得皱上眉毛，张着口，胥胥地响着，大家就哄然笑了起来。我自在北方吃惯了辣椒，去年回到家里要买一点吃吃便感到非常地苦恼。好容易从城里买了一篮（据说城里有辣椒出卖还是最近几年的事），味道却如青菜一般一点也不辣。邻居听说我能吃辣椒，都当作一种新闻传说。平常一提到我，总要连带地提到辣椒。他们似乎把我当作一个外地人看待。他们看见我吃辣椒，便要发笑。我从他们眼光中发觉到他们的脑中存着“他是夷狄之邦的人”的意思。

南方人到北方来最怕的是北方人口中的大蒜臭。然而这臭在北方人却是一种极可爱的香气。在南方人闻了要呕，在北方人闻了大概比仁丹还能提神。我以前在北京好几处看见有人在吃茶时从衣袋里摸出一包生大蒜头，也同别人一样地奇怪，一样地害怕。但后来吃了几次，觉得这味道实在比辣椒好得多，吃了大蒜以后还有一种后味和香气久久地留在口中。今年端午节吃粽子，甚至用它拌着吃了。“大蒜是臭的”这句话，从此离开了我的嘴巴。

宁波人腌菜和湖南人不同。湖南人多是把菜晒干了切碎，装入坛里，用草和篾片塞住了坛口，把坛倒竖在一只盛少许清水的缸里。这样，空气不易进去，坛中的菜放一年两年也不易腐败，只要你常常调换小缸里的清水。宁波人腌菜多是把菜洗净，塞入坛内，撒上盐，倒入水，让它浸着。这样做法，在一礼拜至两月中腌菜的味道确是极其鲜嫩，但日子久了，它就要慢慢地腐败，腐败得臭不堪闻，而至于坛中拥浮着无数的虫。然而宁波人到了这时不但不肯弃掉它，反而觉得它比才腌的更喜欢吃了。有许多乡下人家的陈腌菜一直吃到新腌菜可吃时还有，这原因除了节钱之外，还有一个原因是为的越臭越好吃。还有一种为宁波人所最喜欢吃的是所谓“臭苋菜股”。这是用苋菜的梗做成的。它的腐败比腌菜容易，其臭气也比腌菜来得厉害。

他们常常把这种已臭的汤倒一点到未臭的腌菜里去，使这未臭的腌菜也赶快地臭起来。有时煮什么菜，他们也加上一两碗臭汤。有的人闻到了邻居的臭汤气，心里就非常地神往；若是在谁家讨得了一碗，便千谢万谢，如得到了宝贝一般。我在北方住久了，不常吃鱼，去年回到家里一闻到鱼的腥气就要呕吐，唯几年没有吃臭腌菜和臭苋菜股，见了却还一如从前那么地喜欢。在我觉得这种臭气中分明有比芝兰还香的气息，有比肥肉鲜鱼还美的味道。然而和外省人谈话中偶尔提及，他们就要掩鼻而走了，仿佛这臭食物不是人类所该吃的一般。

四位先生

老舍

吴组缃先生的猪

从青木关到歌乐山一带，在我所认识的文友中要算吴组缃先生最为阔绰。他养着一口小花猪。据说，这小动物的身价，值六百元。

每次我去访组缃先生，必附带地向小花猪致敬，因为我与组缃先生核计过了：假若他与我共同登广告卖身，大概也不会有人出六百元来买！

有一天，我又到吴宅去。给小江——组缃先生的少爷——买了几个比醋还酸的桃子。拿着点东西，好搭讪着骗顿饭吃。否则就太不好意思了。一进门，我看见吴太太的脸比晚日还红。我心里一想，便想到小花猪。假若小花猪丢了，或是出了别的毛病，组缃先生的阔绰便马上不存在了！一打听，果然是为了小花猪，它已绝食一天了。我很着急，急中生智，主张给它点奎宁吃，恐怕它是打摆子。大家都不赞同我的主张。我又建议把它抱到床上盖上被子睡一觉，出点汗也许就好了；焉知道不是感冒呢？这年月的猪比人还娇贵呀！大家还是不赞成。后来，把猪医生请来了。我颇兴奋，要看看猪怎么吃药。猪医生把一些草药包在竹筒的大厚皮儿里，使小猪横衔着，两头向后束在脖子上：这样，药味与药汁便慢慢走入里边去。把药包束好，小花猪的口中好像生了两个翅膀，倒并不难看。

虽然吴宅有此骚动，我还是在那里吃了午饭——自然稍微有点不得劲儿！

过了两天，我又去看小花猪——这回是专程探病，绝不为看别人；我知道现在的猪价有多大——小花猪口中已无那个药包，而且也吃点东西了。大家都很高兴，我就又棍打腿地骗了顿饭吃，并且提出声明：到冬天，得分给我几斤腊肉：组缃先生与太太没加任何考虑便答应了。吴太太说："几斤？十斤也行！想想看，那天它要是一病不起……"大家听罢，都出了冷汗！

马宗融先生的时间观念

马宗融先生的表大概是、我想是一个装饰品。无论约他开会，还是吃饭，他总迟到一个多钟头，他的表并不慢。

来重庆，他多半是住在白象街的作家书屋。有的说也罢，没的说也罢，他总要谈到夜里两三点钟。假若不是别人都困得不出一声了，他还想不起上床去。有人陪着他谈，他能一直坐到第二天夜里两点钟。表、月亮、太阳，都不能引起他注意到时间。

比如说吧，下午三点他须到观音岩去开会，到两点半他还毫无动静。“宗融兄，不是三点有会吗？该走了吧？”有人这样提醒他，他马上去戴上帽子，提起那有茶碗粗的木棒，向外走。“七点吃饭，早点回来呀！”大家告诉他。他回答一声“一定回来”便匆匆地走出去。

到三点的时候，你若出去，你会看见马宗融先生在门口与一位老太婆，或是两个小学生，谈话呢！即使不是这样，他在五点以前也不会走到观音岩。路上每遇到一位熟人，便要谈至少有十分钟的话。若遇上打架吵嘴的，他得过去解劝，还许把别人劝开，而他与另一位劝架的打起来！遇上某处起火，他得帮着去救。有人追赶扒手，他必然得加入，非捉到不可。看见某种新东西，他得去问问价钱，不管买与不买。看到戏报子，他马上去借电话，问还有票没有……这样，他从白象街到观音岩，可以走一天。幸而他记得开会那件事，所以只走两三个钟头，到了开会的地方，即使大家已经散了会。他也得坐两点钟，他跟谁都谈得来，都谈得有趣，很亲切，很细腻。有人刚买一条绳子，他马上过来练习跳绳——五十岁了啊！

七点，他想起来回白象街吃饭，归路上，又照样地劝架，救火，追贼，问物价，打电话……至早，他在八点半左右走到目的地。满头大汗，三步当作两步走的。他走了进来，饭早已开过了。

所以，我们与友人定约会的时候，若说随便什么时间，早晨也好，晚上也好，反正我一天不出门，你哪时来也可以，我们便说“马宗融的时间吧”！

姚蓬子先生的砚台

作家书屋是个神秘的地方，不信你交到那里一份文稿，而三五日后再亲自去索回，你就必定不说我扯谎了。

进到书屋，十之八九你找不到书屋的主人——姚蓬子先生。他不定在哪里藏着呢。他的被褥是稿子，他的枕头是稿子，他的桌上、椅上、窗台上……全是稿子。简单地说吧，他被稿子埋起来了，当你要稿子的时候，你可以看见一个奇迹。假如说尊稿是十张纸写的吧，书屋主人会由枕头底下翻出两张，由裤带里掏出三张，书架里找出两张，窗子上揭下一张，还欠两张。你别忙。他会由老鼠洞里拉出那两张，一点也不少。

单说姚蓬子先生的那块砚台，也足够惊人了！那是块无法形容的石砚。不圆不方，有许多角儿，有任何角度。有一点沿儿，豁口甚多，底子最奇，四围翘起，中间的一点凸出，如元宝之背，它会像陀螺似的在桌子乱转，还会一头高一头低地倾斜，如浪中之船。我老以为孙悟空就是由这块石头跳出去的！

到磨墨的时候，它会由桌子这一端滚到那一端，而且响如快跑的马车。我每晚十时必就寝，而对门书屋的主人要办事办到天亮。从十时到天亮，他至少有十次，一次比一次响——到夜最静的时候，大概连南岸都感到一点震动。从我到白象街起，我没做过一个好梦，刚一入梦，砚台来了一阵雷雨，梦为之断。在夏天，砚一响，我就起来拿臭虫。冬天可就不好办，只好咳嗽几声，使之闻之。

现在，我已交作家书屋一本书，等到出版，我必定破费几十元。送给书屋主人一块平底的，不出声的砚台！

何容先生的戒烟

首先要声明：这里所说的是香烟，不是鸦片。

从武汉到重庆，我老同何容先生在一间屋子里，一直到前年八月间。在武汉的时候，我们都吸“大前门 ”或“使馆牌”；小大“英”似乎都不够味儿。到了重庆，小大“英”似乎变了质，越来越“够味了”，“前门”与“使馆”倒仿佛没了什么意思。慢慢地，“刀”牌与“哈德门”又变成我们的朋友，而与小大“英”，不管谁的主动吧，好像冷淡得日甚一日，不久，“刀”牌与“哈德门”又与我们发生了意见，差不多要绝交的样子。何容先生就决心戒烟！

在他戒烟之前，我已声明过：“先上吊，后戒烟！”本来嘛，“弃妇抛雏”的流亡在外，吃不敢进大三元，喝么也不过是清一色（黄酒贵，只好吃点白干），女友不敢去交，男友一律是穷光蛋，住是二人一室，睡是臭虫满床，再不吸两支香烟，还活着干吗？看何容先生戒烟，我到底受了感动，既觉得自己无勇，又钦佩他的伟大；所以，他在屋里，我几乎不敢动手取烟，以免动摇他的坚决！

何容先生那天睡了十六个钟头，一支烟没吸！醒来，已是黄昏，他便独自出去。我没敢陪他出去，怕不留神递给他一支烟，破了戒！掌灯之后，他回来了，满面红光，含着笑从口袋中掏出一包土产卷烟来。“你尝尝这个，”他客气地让我，“才一个铜板一支！有这个，似乎就不必戒烟了！没有必要！”把烟接过来，我没敢说什么，怕伤了他的尊严。面对面的，把烟燃上，我俩细细地欣赏。头一口就惊人，冒的是黄烟，我以为他误把爆竹买来了！听了一会儿，还好，并没有爆炸，就继续放胆地吸。吸了不到四五口，我看见蚊子都争着向外边飞，我很高兴。既吸烟，又驱蚊，太可贵了！再吸几口之后，墙上又发现了臭虫，大概也要搬家，我更高兴了！吸到半支，何容先生与我也都跑出去了，他低声地说：“看样子，还得戒烟！”

何容先生二次戒烟，有半天之久。当天的下午，他买来了烟斗与烟叶。“几毛钱的烟叶，够吃三四天的，何必一定戒烟呢！”他说。吸了几天的烟斗，他发现了：（一）不便携带；（二）不用力，抽不到；用力，烟油射到舌头上；（三）费洋火；（四）须天天收拾，麻烦！有此四弊，他就戒烟斗，而又吸上香烟了。“始作卷烟者。其无后乎！”他说。

最近二年，何容先生不知戒了多少次烟了，而指头上始终是黄的。

肆

阅尽山河，不为世俗风尘所染

人生漫长，晴雨交加，心怀热爱，亦能奔山赴海，静待花开

喜欢与爱

史铁生

说真的，我并不喜欢我的家乡，可扪心而问，我的确又是爱它的。但愿前者不是罪行，后者也并非荣耀。大哲有言，“人是被抛到世界上来的”，故有权不喜欢某一处“被抛到”的地方。可我真又是多么希望家乡能变得让人喜欢呀，并为此愿付绵薄之力。

不过，我的确喜欢家乡的美食，可细想，我又真是不爱它。喜欢它，一是习惯了，二是它确实色香味俱佳。不爱它，是说我实在不想再为它做什么贡献；原因之一是它已然耗费了吾土吾民太多的财源和心力，二是它还破坏生态，甚至灭绝某些物种。

喜欢但是不爱，爱却又并不喜欢，可见喜欢与爱并不是一码事。喜欢，是看某物好甚至极好，随之而来的念头是：欲占有。爱，则多是看某物不好或还不够好，其实是盼望它好以至非常好，随之而得的激励是：愿付出。

尼采的“爱命运”也暗示了上述二者的不同。你一定喜欢你的命运吗？但无论如何你要爱它；既要以爱的态度对待你所喜欢的事物，也要以同样的态度对待你不喜欢的事物。大凡现实，总不会都让人喜欢，所以会有理想。爱是理想，是要使不好或不够好的事物好起来，便有“超人”的色彩。喜欢是满意、满足，甚至再无更高的期盼，一味地满意或满足者若非傻瓜，便是“末人”的征兆。

把喜欢当成爱，易使贪贼冒充爱者。以为爱你就不可以指责你，不能反对你，则会把爱者误认为敌人。所以，万不可将喜欢和爱强绑一处。对于高举爱旗——大到爱国，小到爱情——而一味颂扬和自吹自擂的人，凝神细看，定能见其贪图。

爱情也会有贪图吗？譬如傍大款的，哪个不自称是“爱情”？爱国者也可能有什么贪图吗？从古到今的贪官，有谁不说自己是“爱国者”？上述两类都不是爱而仅仅是喜欢，都没有“愿付出”而仅仅是“欲占有”。喜欢什么和占有什么呢？前者指向物利，后者还要美名。

爱情，追求喜欢与爱二者兼备。二者兼备实为难得的理想状态，爱情所以是一种理想。而婚姻，有互相的喜欢就行，喜欢淡去的日子则凭一纸契约来维系，故其已从理想的追求降格为法律的监管。美满家庭，一方面需要务实的家政——不容侵犯的二人体制，和柴米油盐的经济管理，倘其乱套，家庭即告落魄，遂有解体之危；另一方面又要有务虚的理想或信仰——爱情，倘其削弱、消失或从来没有，家庭即告失魂，即便维持也是同床异梦。爱国的事呢，是否与此颇为相似？

不过，爱情的理想仅仅是两个人的理想吗？压根儿就生在孤岛上的一对男女，谈什么爱情呢？最多是相依为命。孤岛上的爱情，必有大陆或人群作背景——他们或者是一心渴望回归大陆，或者原就是为躲避人群的伤害。总之，唯在人群中，或有人群为其背景，爱情才能诞生，理想才能不死。仅有男女而无人群，就像只有种子而无阳光和土地。爱情，所以是博爱的象征，是大同的火种，是于不理想的现实中一次理想的实现，是“通天塔”的一次局部成功。爱情正如艺术，是“黑夜的孩子”，是“清晨的严寒”，是“深渊上的阶梯”，是“黑暗之子，等待太阳”；爱情如此，爱国也是这样啊，堂堂人类怎可让一条条国境线给搞糊涂呢！

良善家庭的儿女，从小就得到这样的教育：要关爱他人，要真诚对待他人，要善解人意，要虚心向别人学习……怎么长大了，一见国、族，倒常有相反的态度在大张旗鼓？还是没看懂“喜欢”与“爱”的区别吧。不爱人，只爱国，料也只是贪图其名，更实在的目的不便猜想。爱人，所以爱国，那也就不会借贬低邻人来张扬自己了——是这么个理儿吧？

“这也是生活”……

鲁迅

这也是病中的事情。

有一些事，健康者或病人是不觉得的，也许遇不到，也许太微细。到得大病初愈，就会经验到；在我，则疲劳之可怕和休息之舒适，就是两个好例子。我先前往往自负，从来不知道所谓疲劳。书桌面前有一把圆椅，坐着写字或用心地看书，是工作；旁边有一把藤躺椅，靠着谈天或随意地看报，便是休息；觉得两者并无很大的不同，而且往往以此自负。现在才知道是不对的，所以并无大不同者，乃是因为并未疲劳，也就是并未出力工作的缘故。

我有一个亲戚的孩子，高中毕了业，却只好到袜厂里去做学徒，心情已经很不快活的了，而工作又很繁重，几乎一年到头，并无休息。他是好高的，不肯偷懒，支持了一年多。有一天，忽然坐倒了，对他的哥哥道：“我一点力气也没有了。”

他从此就站不起来，送回家里，躺着，不想饮食，不想动弹，不想言语，请了耶稣教堂的医生来看，说是全体什么病也没有，然而全体都疲乏了。也没有什么法子治。自然，连接而来的是静静的死。我也曾经有过两天这样的情形，但原因不同，他是做乏，我是病乏的。我的确什么欲望也没有，似乎一切都和我不相干，所有举动都是多事，我没有想到死，但也没有觉得生；这就是所谓“无欲望状态”，是死亡的第一步。曾有爱我者因此暗中下泪；然而我有转机了，我要喝一点汤水，我有时也看看四近的东西，如墙壁，苍蝇之类，此后才能觉得疲劳，才需要休息。

象心纵意地躺倒，四肢一伸，大声打一个呵欠，又将全体放在适宜的位置上，然后弛懈了一切用力之点，这真是一种大享乐。在我是从来未曾享受过的。我想，强壮的，或者有福的人，恐怕也未曾享受过。

记得前年，也在病后，做了一篇《病后杂谈》，共五节，投给《文学》，但后四节无法发表，印出来只剩了头一节了。虽然文章前面明明有一个“一”字，此后突然而止，并无“二”“三”，仔细一想是就会觉得古怪的，但这不能要求于每一位读者，甚而至于不能希望于批评家。于是有人据这一节，下我断语道：“鲁迅是赞成生病的。”现在也许暂免这种灾难了，但我还不如先在这里声明一下：“我的话到这里还没有完。”

有了转机之后四五天的夜里，我醒来了，喊醒了广平。

“给我喝一点水。并且去开开电灯，给我看来看去的看一下。”

“为什么？……”她的声音有些惊慌，大约是以为我在讲昏话。

“因为我要过活。你懂得吗？这也是生活呀。我要看来看去的看一下。”

“哦……”她走起来，给我喝了几口茶，徘徊了一下，又轻轻地躺下了，不去开电灯。

我知道她没有懂得我的话。

街灯的光穿窗而入，屋子里显出微明，我大略一看，熟识的墙壁，壁端的棱线，熟识的书堆，堆边的未订的画集，外面的进行着的夜，无穷的远方，无数的人们，都和我有关。我存在着，我在生活，我将生活下去，我开始觉得自己更切实了，我有动作的欲望——但不久我又坠入了睡眠。

第二天早晨在日光中一看，果然，熟识的墙壁，熟识的书堆……这些，在平时，我也时常看它们的，其实是算作一种休息。但我们一向轻视这等事，纵使也是生活中的一片，却排在喝茶搔痒之下，或者简直不算一回事。我们所注意的是特别的精华，毫不在枝叶。给名人作传的人，也大抵一味铺张其特点，李白怎样做诗，怎样耍颠，拿破仑怎样打仗，怎样不睡觉，却不说他们怎样不耍颠，要睡觉。其实，一生中专门耍颠或不睡觉，是一定活不下去的，人之有时能要颠和不睡觉，就因为倒是有时不要颠和也睡觉的缘故。然而人们以为这些平凡的都是生活的渣滓，一看也不看。

于是所见的人或事，就如盲人摸象，摸着了脚，即以为象的样子像柱子。中国古人，常欲得其“全”，就是制妇女用的“乌鸡白凤丸”，也将全鸡连毛血都收在丸药里，方法固然可笑，主意却是不错的。

删夷枝叶的人，决定得不到花果。

为了不给我开电灯，我对于广平很不满，见人即加以攻击；到得自己能走动了，就去一翻她所看的刊物，果然，在我卧病期中，全是精华的刊物已经出得不少了，有些东西，后面虽然仍旧是“美容妙法”“古木发光”，或者“尼姑之秘密”，但第一面却总有一点激昂慷慨的文章。作文已经有了“最中心之主题”：连义和拳时代和德国统帅瓦德西睡了一些时候的赛金花，也早已封为九天护国娘娘了。尤可惊服的是先前用《御香缥缈录》，把清朝的宫廷讲得津津有味的《申报》上的《春秋》，也已经时而大有不同，有一天竟在卷端的《点滴》里，教人当吃西瓜时，也该想到我们土地的被割碎，像这西瓜一样。自然，这是无时无地无事而不爱国，无可訾议的。但倘使我一面这样想，一面吃西瓜，我恐怕一定咽不下去，即使用劲咽下，也难免不能消化，在肚子里咕咚地响它好半天。这也未必是因为我病后神经衰弱的缘故。我想，倘若用西瓜作比，讲过国耻讲义，却立刻又会高高兴兴地把这西瓜吃下，成为血肉的营养的人，这人恐怕是有些麻木。对他无论讲什么讲义，都是毫无功效的。

我没有当过义勇军，说不确切。但自己问：战士如吃西瓜，是否大抵有一面吃，一面想的仪式的呢？我想：未必有的。他大概只觉得口渴，要吃，味道好，却并不想到此外任何好听的大道理。吃过西瓜，精神一振，战斗起来就和喉干舌敝时候不同，所以吃西瓜和抗敌的确有关系，但和应该怎样想的上海设定的战略，却是不相干。这样整天哭丧着脸去吃喝，不多久，胃口就倒了，还抗什么敌。

然而人往往喜欢说得稀奇古怪，连一个西瓜也不肯主张平平常常地吃下去。其实，战士的日常生活，是并不全部可歌可泣的，然而又无不和可歌可泣之部相关联，这才是实际上的战士。

酸梅汤和糖葫芦

梁实秋

夏天喝酸梅汤，冬天吃糖葫芦，在北平是不分阶级人人都能享受的事。不过东西也有精粗之别。琉璃厂信远斋的酸梅汤与糖葫芦，特别考究，与其他各处或街头小贩所供应者大有不同。

徐凌霄《旧都百话》关于酸梅汤有这样的记载：

> 暑天之冰，以冰梅汤为最流行，大街小巷，干鲜果铺的门口，都可以看见“冰镇梅汤”四字的木檐横额。有的黄底黑字，甚为工致，迎风招展，好似酒家的帘子一样，使过往的热人，望梅止渴，富于吸引力。昔年京朝大老，贵客雅流，有闲工夫，常常要到琉璃厂逛逛书铺，品品古董，考考版本，消磨长昼。天热口干，辄以信远斋梅汤为解渴之需。

信远斋铺面很小，只有两间小小门面，临街是旧式玻璃门窗，拂拭得一尘不染，门楣上一块黑漆金字匾额，铺内清洁简单，道地北平式的装修。进门右手方有黑漆大木桶，里面有一大白瓷罐，罐外周围全是碎冰，罐里是酸梅汤，所以名为冰镇，北平的冰是从什刹海或护城河挖取藏在窖内的，冰块里可以看见草皮木屑，泥沙秽物更不能免，是不能放在饮料里喝的。什刹海会贤堂的名件“冰碗”，莲蓬桃仁杏仁菱角藕都放在冰块上，食客不嫌其脏，真是不可思议。有人甚至把冰块放在酸梅汤里！信远斋的冰镇就高明多了。因为桶大罐小冰多，喝起来凉沁脾胃。他的酸梅汤的成功秘诀，是冰糖多、梅汁稠、水少，所以味浓而酽。上口冰凉，甜酸适度，含在嘴里如品纯醪，舍不得下咽。很少人能站在那里喝那一小碗而不再喝一碗的。抗战胜利还乡，我带孩子到信远斋，我准许他们能喝多少碗都可以。他们连尽七碗方始罢休。我每次去喝，不是为解渴，是为解馋。我不知道为什么没有人动脑筋把信远斋的酸梅汤制为罐头行销各地，而任“可口可乐”到处猖狂。信远斋也卖酸梅卤、酸梅糕。卤冲水可以制酸梅汤。但是无论如何不能像站在那木桶旁边细啜那样有味。我自己在家也曾试做，在药铺买了乌梅，在干果铺买了大块冰糖，不惜工本，仍难愿。信远斋掌柜姓萧，一团和气，我曾问他何以仿制不成，他回答得很妙：“请您过来喝，别自己费事了。”

信远斋也卖蜜饯、冰糖子儿、糖葫芦。以糖葫芦为最出色。北平糖葫芦分三种。一种用麦芽糖，北平话是糖稀，可以做大串山里红的糖葫芦，可以长达五尺多，这种大糖葫芦，新年厂甸卖得最多。麦芽糖裹水杏儿（没长大的绿杏），很好吃，做糖葫芦就不见佳，尤其是山里红常是烂的或是带虫子屎。另一种用白糖和了粘上去，冷了之后白汪汪的一层霜，另有风味。正宗是冰糖葫芦，薄薄一层糖，透明雪亮。材料种类甚多，诸如海棠、山药、山药豆、杏干、葡萄、橘子、荸荠、核桃，但是以山里红为正宗。山里红，即山楂，北地盛产，味酸，裹糖则极可口。一般的糖葫芦皆用半尺来长的竹签，街头小贩所售，多染尘沙，而且品质粗劣。东安市场所售较为高级。但仍以信远斋所制为最精，不用竹签，每一颗山里红或海棠均单个独立，所用之果皆硕大无疵，而且干净，放在垫了油纸的纸盒中由客携去。

离开北平就没吃过糖葫芦，实在想念。近有客自北平来，说起糖葫芦，据称在北平这种不属于任何一个阶级的食物几已绝迹。他说我们在台湾自己家里也未尝不可试做，台湾虽无山里红，其他水果种类不少，沾了冰糖汁，放在一块涂了油的玻璃板上，送入冰箱冷冻，岂不即可等着大嚼？他说他制成之后将邀我共尝，但是迄今尚无下文，不知结果如何。

我们家的猫

老舍

我们家的大花猫性格实在古怪。说它老实吧，它有时的确很乖。它会找个暖和的地方，成天睡大觉，无忧无虑，什么事也不过问。可是，决定要出去玩玩，就会出走一天一夜，任凭谁怎么呼唤，它也不肯回来。说它贪玩吧，的确是啊，要不怎么会一天一夜不回家呢？可是它听到老鼠的一点儿响动，又多么尽职。它屏息凝视，一连就是几个钟头，非把老鼠等出来不可！

它要是高兴，能比谁都温柔可亲：用身子蹭你的腿，把脖子伸出来让你给它抓痒，或是在你写作的时候，跳上桌来在稿纸上踩印几朵小梅花。它还会丰富多腔地叫唤，长短不同，粗细各异，变化多端。在不叫的时候，它还会咕噜地给自己解闷儿。这可都凭它的高兴。它要是不高兴啊，无论谁说多少好话，它一声也不出。

它什么都怕，总想藏起来。可是它又勇猛，不要说对付小虫和老鼠，就是遇上蛇也敢斗一斗。

它小时候可逗人爱哩！才来我们家时刚好满月，腿脚还站不稳，已经学会了淘气。一根鸡毛、一个线团，都是它的好玩具，耍个没完没了。一玩起来，不知要摔多少跟头，但是跌倒了马上起来，再跑再跌，头撞在门上、桌腿上，撞疼了也不哭。后来，胆子越来越大，就到院子去玩了，从这个花盆跳到那个花盆，还抱着花枝打秋千。院中的花草可遭了殃，被它折腾得枝折花落。

我从来不责打它。看它那样生气勃勃，天真可爱，我喜欢还来不及，怎么会跟它生气呢？

抬头见喜

老舍

对于时节，我向来不特别地注意。拿清明说吧，上坟烧纸不必非我去不可，又搭着不常住在家乡，所以每逢看见柳枝发青便晓得快到了清明，或者是已经过去。对重阳也是这样，生平没在九月九登过高，于是重阳和清明一样地没有多大作用。

端阳，中秋，新年，三个大节可不能这么马虎过去。即使我故意躲着它们，账条是不会忘记了我的。也奇怪，一个无名之辈，到了三节会有许多人惦记着，不但来信，送账条，而且要找上门来！

设若故意躲着借款，着急，设计自杀等等，而专讲三节的热闹有趣那一面儿，我似乎是最喜爱中秋。“似乎”，因为我实在不敢说准了。幼年时，中秋是个很可喜的节，要不然我怎么还记得清清楚楚那些“兔儿爷”的样子呢？

有“兔儿爷”玩，这个节必是过得十二分有劲。可是从另一方面说，至少有三次喝醉是在中秋；酒入愁肠呀！所以说“似乎”最喜爱中秋。

事真凑巧，这三次“非杨贵妃式”的醉酒我还都记得很清楚。那么，就说上一说呀。第一次是在北平，我正住在翊教寺一家公寓里。好友卢嵩庵从柳泉居运来一坛子“竹叶青”，又约来两位朋友——内中有一位是不会喝的——大家就抄起茶碗来。坛子虽大，架不住茶碗一个劲进攻；月亮还没上来，坛子已空。干什么去呢？打牌玩吧。各拿出铜元百枚，约合大洋七角多，因这是古时候的事了。第一把牌将立起来，不晓得——至今还不晓得——我怎么上了床。牌必是没打成，因为我一睁眼已经红日东升了。

第二次是在天津，和朱荫棠在同福楼吃饭，各饮绿茵陈二两。吃完饭，到一家茶肆去品茗。我朝窗坐着，看见了一轮明月，我就吐了。这回决不是酒的作用，毛病是在月亮。

第三次是在伦敦。那里的秋月是什么样子，我说不上来——也许根本没有月亮其物。中国工人俱乐部里有多人凑热闹，我和沈刚伯也去喝酒。我们俩喝了两瓶葡萄酒。酒是用葡萄还是葡萄叶儿酿的，不可得而知，反正价钱很便宜；我们俩自古至今总没做过财主。喝完，各自回寓所。一上公众汽车，我的脚忽然长了眼睛，专找别人的脚尖去踩。这回可不是月亮的毛病。

对于中秋，大致如此——无论如何也不能说它坏。就此打住。

至若端阳，似乎可有可无。粽子，不爱吃。城隍爷现在也不出巡；即使再出巡，大概也没有跟随着走几里路的兴趣。樱桃真是好东西，可惜被黑白桑葚给带累坏了。

新年最热闹，也最没劲，我对它老是冷淡的。自从一记事儿起，家中就似乎很穷。爆竹总是听别人放，我们自己是静寂无哗。记得最真的是家中一张《王羲之换鹅》图。每逢除夕，母亲必把它从个神秘的地方找出来，挂在堂屋里。姑母就给说那个故事；到如今还不十分明白这故事到底有什么意思，只觉得“王羲之”三个字倒很响亮好听。后来入学，读了《兰亭序》，我告诉先生，王羲之是在我的家里。

长大了些，记得有一年的除夕，大概是光绪三十年前的一二年，母亲在院中接神，雪已下了一尺多厚。高香烧起，雪片由漆黑的空中落下，落到火光的圈里，非常地白，紧接着飞到火苗的附近，舞出些金光，即行消灭；先下来的灭了，上面又紧跟着下来许多，像一把“太平花”倒放。我还记着这个。我也的确感觉到，那年的神仙一定是真由天上回到世间。

中学的时期是最忧郁的，四五个新年中只记得一个，最凄凉的一个。那是头一次改用阳历，旧历的除夕必须回学校去，不准请假。姑母刚死两个多月，她和我们同住了三十年的样子。她有时候很厉害，但大体上说，她很爱我。

哥哥当差，不能回来。家中只剩母亲一人。我在四点多钟回到家中，母亲并没有把“王羲之”找出来。吃过晚饭，我不能不告诉母亲了——我还得回校。她愣了半天，没说什么。我慢慢地走出去，她跟着走到街门。摸着袋中的几个铜子，我不知道走了多少时候，才走到学校。路上必是很热闹，可是我并没看见，我似乎失了感觉。到了学校，学监先生正在学监室门口站着。他先问我：“回来了？”我行了个礼。他点了点头，笑着叫了我一声：“你还回去吧。”这一笑，永远印在我心中。假如我将来死后能入天堂，我必把这一笑带给上帝去看。

我好像没走就又到了家，母亲正对着一支红烛坐着呢。她的泪不轻易落，她又慈善又刚强。见我回来了，她脸上有了笑容，拿出一个细草纸包儿来：“给你买的杂拌儿，刚才一忙，也忘了给你。”母子好像有千言万语，只是没精神说。早早地就睡了。母亲也没精神。

中学毕业以后，新年，除了为还债着急，似乎已和我不发生关系。我在哪里，除夕便由我照管着哪里。别人都回家去过年，我老是早早关上门，在床上听着爆竹响。平日我也好吃个嘴儿，到了新年反倒想不起弄点什么吃，连酒不喝。在爆竹稍静了些的时节，我老看见些过去的苦境。可是我既不落泪，也不狂歌，我只静静地躺着。躺着躺着，多咱烛光在壁上幻出一个“抬头见喜”，那就快睡去了。

一封信——给抱怨生活干燥的朋友

徐志摩

得到你的信，像是掘到了地下的珍藏，一样的稀罕，一样的宝贵。

看你的信，像是看古代的残碑，表面是模糊的，意致却是深微的。

又像是在尼罗河旁边幕夜，在月亮正照着金字塔的时候，梦见一个穿黄金袍服的帝王，对着我作谜语，我知道他的意思，他说："我无非是一个体面的木乃伊。"

又像是我在这重山脚下半夜梦醒时，听见松林里夜鹰的 Soprano（高音），可怜的遭人厌毁的鸟，他虽则没有子规那样天赋的妙舌，但我却懂得他的怨愤，他的理想，他的急调是他的嘲讽与咒诅：我知道他怎样的鄙蔑一切，鄙蔑光明，鄙蔑烦嚣的燕雀，也鄙弃自喜的画眉。

又像是我在普陀山发现的一个奇景：外面看是一大块

岩石，但里面却早被海水蚀空，只剩罗汉头似的一个脑壳，每次海涛向这岛身搂抱时，发出极奥妙的音响，像是情话，像是咒诅，像是祈祷，在雕空的石笋、钟乳间呜咽，像大和琴的谐音在皋雪格的古寺的花椽、石楹间回荡——但除非你有耐心与勇气，攀下几重的石岩，俯身下去凝神地察看与倾听，你也许永远不会想象，不必说发现这样的秘密。

又像是……但是我知道，朋友，你已经听够了我的比喻。也许你愿意听我自然的嗓音与不做作的语调，不愿意收受用幻想的亮箔包裹着的话，虽则，我不能不补一句，你自己就是最喜欢从一个弯曲的白银喇叭里，吹弄你的古怪的调子。

你说："风大土大，生活干燥。"这话仿佛是一阵奇怪的凉风，使我感觉一个恐怖的战栗；像一团飘零的秋叶，使我的灵魂里掉下一滴悲悯的清泪。

我的记忆里，我似乎自信，并不是没有葡萄酒的颜色与香味，并不是没有妩媚的微笑的痕迹，我想我总可以抵抗你那句灰色的语调的影响——

是的，昨天下午我在田里散步的时候，我不是分明看见两块凶恶的黑云消灭在太阳猛烈的光焰里，五只小山羊，兔子一样的白净，听着她们妈的吩咐在路旁寻草吃，三个捉草的小孩在一个稻屯前抛掷镰刀；自然的活泼给我不少的鼓舞，我对着白云里矗着的宝塔喊说我知道生命是有意趣的。

今天太阳不曾出来。一捆捆的云在空中紧紧地挨着，你的那句话碰巧又添上了几重云蒙，我又疑惑我昨天的宣言了。我也觉得奇怪，朋友，何以你那句话在我的心里，竟像白垩涂在玻璃上，这半透明的沉闷是一种很巧妙的刑罚；我差不多要喊痛了。

我向我的窗外望，暗沉沉的一片，也没有月亮，也没有星光，日光更不必想，他早已离别了，那边黑蔚蔚的是林子，树上，我知道，是夜鸮的寓处，树下累累的在初夜的微芒中排列着，我也知道。是坟墓，僵的白骨埋在硬的泥里，磷火也不见一星，这样的静，这样的惨，黑夜的胜利是完全的了。我闭着眼向我的灵府里问讯，呀，我竟寻不到一个与干燥脱离的生活的意象，干燥像一个影子，永远跟着生活的脚后，又像是葱头的葱管，永远附着在生活的头顶，这是一件奇事。

朋友，我抱歉，我不能答复你的话，虽则我很想，我不是爽恺的西风，吹不散天上的云罗，我手里只有一把粗拙的泥锹，如其有美丽的理想或是希望要埋葬，我的工作倒是现成的——我也有过我的经验。

朋友，我并且恐怕，说到最后，我只得收受你的影响，因为你那句话已经凶狠地咬入我的心里，像一个有毒的蝎子，已经沉沉地压在我的心上，像一块盘陀石，我只能忍耐，我只能忍耐……

一片阳光

林徽因

放了假，春初的日子松弛下来。将午未午时候的阳光，澄黄的一片，由窗棂横浸到室内，晶莹地四处射。我有点发怔，习惯地在沉寂中惊讶我的周围。我望着太阳那湛明的体质，像要辨别它那交织绚烂的色泽，追逐它那不着痕迹的流动。看它洁净地映到书桌上时，我感到桌面上平铺着一种恬静，一种精神上的豪兴，情趣上的闲逸；即或所谓“窗明几净”，那里默守着神秘的期待，漾开诗的气氛。那种静，在静里似可听到那一处琤琮的泉流，和着仿佛是断续的琴声，低诉着一个幽独者自娱的音调。看到这同一片阳光射到地上时，我感到地面上花影浮动，暗香吹拂左右，人随着晌午的光霭花气在变幻，那种动，柔谐婉转有如无声音乐，令人悠然轻快，不自觉地脱落伤愁。至多，在舒扬理智的客观里使我偶一回头，看看过去幼年记忆步履所留的残迹，有点儿惋惜时间；微微怪时间不能保存情绪，保存那一切情绪所曾流连的境界。

倚在软椅上不但奢侈，也许更是一种过失，有闲的过失。但东坡的辩护，“懒者常似静，静岂懒者徒”，不是没有道理。如果此刻不倚榻上而“静”，则方才情绪所兜的小小圈子便无条件地失落了去！人家就不可惜它，自己却实在不能不感到这种亲密的损失的可哀。

就说它是情绪上的小小旅行吧，不走并无不可，不过走走未始不是更好。归根说，我们活在这世上到底最珍惜一些什么？果真珍惜万物之灵的人的活动所产生的种种，所谓人类文化？这人类文化到底又靠一些什么？我们怀疑或许就是人身上那一撮精神同机体的感觉，生理心理所共起的情感，所激发出的一串行为，所聚敛的一点智慧——那么一点点人之所以为人的表现。宇宙万物客观的本无所可珍惜，反映在人性上的山川草木禽兽才开始有了秀丽，有了气质，有了灵犀。反映在人性上的人自己更不用说。没有人的感觉，人的情感，即便有自然，也就没有自然的美，质或神方面更无所谓人的智慧，人的创造，人的一切生活艺术的表现！这样说来，谁该鄙弃自己感觉上的小小旅行？为壮壮自己胆子，我们更该相信唯其人类有这类情绪的驰骋，实际的世间才赓续着产生我们精神所寄托的文物精粹。

此刻我竟可以微微一咳嗽，乃至于用播音的圆润口调说：我们既然无疑地珍惜文化，即尊重盘古到今种种的艺术——无论是抽象的思想的艺术，或是具体的驾驭天然材料另创的非天然形象——则对于艺术所由来的渊源，那点点人的感觉，人的情感智慧，又当如何地珍惜才算合理？

但是情绪的驰骋，显然不是诗或画或任何其他艺术建造的完成。这驰骋此刻虽占了自己生活的若干时间，却并不在空间里占任何一个小小位置！这个情形自己需完全明了。此刻它仅是一种无踪迹的流动，并无栖身的形体。它或含有各种或可捉摸的质素，但是好奇地探讨这个质素而具体要表现它的差事，无论其有无意义，除却本人外，别人是无能为力的。我此刻为着一片清婉可喜的阳光，分明自己在对内心交流变化的各种联想发生一种兴趣的注意，换句话说，这好奇与兴趣的注意已是我此刻生活的活动。一种力量又迫着我来把握住这个活动，而设法表现它，这不易抑制的冲动，或即所谓艺术冲动也未可知！只记得冷静的杜工部散散步，看看花，也不免会有“江上被花恼不彻，无处告诉只颠狂”的情绪上一片紊乱！玲珑煦暖的阳光照人面前，那美的感人力量就不减于花，不容我生硬地自己把情绪分划为有闲与实际的两种，而权其轻重，然后再决定取舍。我也只有情绪上的一片紊乱。

情绪的旅行本是偶然的事，今天一开头并为着这片春初晌午的阳光，现在也还是为着它。房间内有两种豪侈的光常叫我的心绪紧张如同花开，趁着感觉的微风，深浅零乱于冷智的枝叶中间。一种是烛光，高高的台座，长垂的烛泪，熊熊红焰当帘幕四下时各处光影掩映。那种闪烁明艳，雅有古意，明明是画中景象，却含有更多诗的成分。另一种便是这初春晌午的阳光，到时候有意无意的大片子洒落满室，那些窗棂栏板几案笔砚浴在光霭中，一时全成了静物图案；再有红蕊细枝点缀几处，室内更是轻香浮溢，叫人俯仰全触到一种灵性。

这种说法怕有点会发生误会，我并不说这片阳光射入室内，需要笔砚花香那些儒雅的托衬才能动人，我的意思倒是：室内顶寻常的一些供设，只要一片阳光这样又幽娴又洒脱地落在上面，一切都会带上另一种动人的气息。

这里要说到我最初认识的一片阳光。那年我六岁，记得是刚刚出了水珠以后——水珠即寻常水痘，不过我家乡的话叫它作水珠。当时我很喜欢那美丽的名字，忘却它是一种病，因而也觉到一种神秘的骄傲。只要人过我窗口问问“出水珠吗？”我就感到一种荣耀。那个感觉至今还印在脑子里。也为这个缘故，我还记得病中奢侈的愉悦心境。虽然同其他多次的害病一样，那次我仍然是孤独地被囚禁在一间房屋里休养的。那是我们老宅子里最后的一进房子；白粉墙围着小小院子，北面一排三间，当中夹着一个开敞的厅堂。我病在东头娘的卧室里。西头是婶婶的住房。娘同婶永远要在祖母的前院里行使她们女人们的职务，于是我常是这三间房屋唯一留守的主人。

在那三间屋子里病着，那经验是难堪的。时间过得特别慢，尤其是在日中毫无睡意的时候。起初，我仅集注我的听觉在各种似脚步，又不似脚步的上面。猜想着，等候着，希望着人来。间或听听隔墙各种琐碎的声音，由墙基底下传达出来又消敛了去。过一会，我就不耐烦了——不记得是怎样的，我就蹑着鞋，挨着木床走到房门边。房门向着厅堂斜斜地开着一扇，我便扶着门框好奇地向外探望。

那时大概刚是午后两点钟光景，一张刚开过饭的八仙桌，异常寂寞地立在当中。桌下一片由厅口处射进来的阳光，泄泄融融地倒在那里。一个绝对悄寂的周围伴着这一片无声的金色的晶莹，不知为什么，忽使我这个六岁孩子的心里起了一次极不平常的振荡。

那里并没有几案花香，美术的布置，只是一张极寻常的八仙桌。如果我的记忆没有错，那上面在不多时间以前，是刚陈列过咸鱼、酱菜一类极寻常俭朴的午餐的。小孩子的心却呆了。或许两只眼睛倒张大一点，四处地望，似乎在寻觅一个问题的答案。为什么那片阳光美得那样动人？我记得我爬到房内窗前的桌子上坐着，有意无意地望望窗外，院里粉墙疏影同室内那片金色和煦有着绝然不同趣味。顺便我翻开手边娘梳妆用的旧式镜箱，又上下摇动那小排状抽屉，同那刻成花篮形的小铜坠子，不时听雀跃过枝清脆的鸟语。心里却仍为那片阳光隐着一片模糊的疑问。

时间经过二十多年，直到今天，又是这样一泄阳光，一片不可捉摸，不可思议流动的而又恬静的瑰宝，我才明白我那问题是永远没有答案的。事实上仅是如此：一张孤独的桌，一角寂寞的厅堂。一只灵巧的镜箱，或窗外断续的鸟语，和水珠——那美丽小孩子的病名——便凑巧永远同初春静沉的阳光整整复斜斜地成了我回忆中极自然的联想。

冬　晚

靳以

我该记得那是一个寒冷的天，在那近北的古旧的大城里，冬日自有它的威严。几个人从茶店中出来，立刻拉起衣领，虽然只是十点钟，已经是路静人稀了。

风虽是稍稍杀了些，寒冷却像是更甚了。水滴结成的冰，反映着一点点的灯光；可是踏在那上面，正是可以使人倾跌下来的啊！入冬就冻了起来的路，在人的脚和马的蹄子下，更响着清亮之音。

“我们回去了吧。”

一个人这样地说了，几个人就同时起着踌躇。每次总是这样，茫茫地立在路边，颇有无可适从之苦，叫作“家”的所在自然是等在那里，可是我们都有些莫名其妙的感觉，若是不被说起来，总也不会想到的。

两个人向南去了，我们三个人该向北去。因为还有一条颇远的路，我们只得叫着车子。原以为路是冷静的，可是一声呼唤之后，许多辆车子都朝我们这里来，争着说：“您到哪儿，我拉您去。”

才把要去的地名说出，他们就讨着价，还没有等他们还口，他们自己就一直把价钱少了下去。

“一毛钱。”

“四十枚。”

“三十六个吧！”

“三十枚我送您回去。”

听到这样的价钱，就说出来就是三十枚，要三辆。那个第一个说的立刻就嚷着他是先讲好了的，另外两辆也争着附和，这样说定了，我就走近第一个车夫，虽然衣领遮蔽了我半部的脸，我的眼睛还能清楚地看到那只是一个十四五岁的孩子。当他把车把放下去，我并没有坐到上面。他说着：“您请坐上去吧。”

我没有回答他，可是我也没有移动我的脚。他好像知道了，就和我说：“您放心，准保没错儿，送您平安到家。”

“我，我倒没有什么，只是你……”

“我今年十九啦，拉了二年半的车。”

显然这是不确实的，他那样子最多也不过十六岁。

“你知道到那里去还得要爬一座桥，路又不近……”

“我常走，您就上车吧。”

好像由于过度的寒冷，他的声音发着一点颤，在阴暗的灯光下，我看见他那瘦小的脸。他的身子又显得是那么单薄，像是还害着病的样子。

“我还是换一辆吧！我怕——”

我才说出了，就有一辆车跑到我近前来，可是我并没有就上去，我从衣袋内掏出一些钱，给那个失望了的车夫。

“你不用拉我了，这点钱给你。”

他坚决地摇着头，俯下身拾起了车把，眼睛里冒着愤怒的光。

“你的年纪太小，你不该拉车，太劳苦了会伤害你的身体。”

我加上解释，他给我回答了：“我二十八啦，我的年纪一点也不小，我的家里人都看我不小，看我该养家了。”

“拿去这点钱吧。”

“凭什么我要你的钱，我要卖力气才赚钱的！”

他说完，什么也不顾，径自掉头去了。我站在那里，像呆了一样。我那同行的两个友人的车子早已走了，只是我一个人还站在那里，我觉得十分孤独，我觉得我只是活在一个陌生的世界中，我一点也不懂得别人，别人也许不懂得我。他也许是对的，难说是我，我错了吗？

握着铜元伸在冷空里的手觉得一点僵了，我只得缩回来。

我的心也冻结了，在这寒冷的冬夜，在那严酷而恨急的眼光里。

我坐上了车，一任他送我到任何的地方去。

猫

靳以

猫好像在活过来的时日中占了很大的一部，虽然现在一只也不再在我的身边厮扰。当着我才进了中学，就得着了那第一只。那是从一个友人的家中抱来的，很费了一番手才送到家中。她是一只黄色的，有像虎一样的斑纹，只是生性却十分驯良。那时候她才下生两个月，也像其他的小猫一样欢喜跳闹，却总是被别的欺负的时候居多。友人送我的时候就这样说：“你不是欢喜猫吗？就抱去这只吧。你看她是多么可怜的样子，怕长不大就会死了。”

我都不能想那时候我是多么高兴，当我坐在车上，装在布袋中的她就放在我的腿上。呵，她是一个活着的小动物，时时会在我的腿上蠕动的。我轻轻地拍着她，她不叫也不闹，只静静地卧在那里，像一个十分懂事的东西。我还记得那是夏天，她的皮毛使我在冒着汗，我也忍耐着。到了家，我放她出来。新的天地吓得她更不敢动，她躲在墙角或是椅后那边哀哀地鸣叫。她不吃食物也不饮水，为了那份样子，几乎我又送她回去。可是过了两天或是三天，一切就都很好了。家中人都喜欢她，除开一个残忍成性的婆子。我的姊姊更爱她，每餐都是由她来照顾。

到了长成的时节，她就成为更沉默更温和的了。她从来也不曾抓伤过人，也不到厨房里偷一片鱼。她欢喜蹲在窗台上，眯着眼睛，像哲学家一样地沉思着。那时候阳光正照了她，她还要安详地用前爪在脸上抹一次又一次的。家中人会说："链哥儿抱来的猫，也是那样老实呵。"

到后她的子孙们却是有各样的性格。一大半送了亲友，留在家中的也看得出贤与不肖。有的竟和母亲争斗，正像一个浪子或是泼女。

她自己活得很长远，几次以为是不能再活下去了，她还能勉强地活过来，终于一双耳朵不知道为什么枯萎下去。她的脚步更迟钝了，有时鸣叫的声音都微弱得不可闻了。她活了十几年，当着祖母故去的时候，已经入殓，还停在家中；她就躺在棺木的下面死去。想着是在夜间死去的，因为早晨发觉的时候她已经僵硬了。住到 × 城的时节，我和友人 B 君共住了一个院子。那个城是古老而沉静的，到处都是树，清寂幽闭。因为是两个单身男子，我们的住处也正像那个城。秋天是如此，春天也是如此。墙壁粉了灰色，每到了下午便显得十分黯淡。可是不知道从哪里却跳来了一只猫，她是在我们一天晚间回来的时候发现的。我们开了灯，她正端坐在沙发的上面，看到光亮和人，一下就不知道溜到哪里去了。

我们同时都为她那美丽的毛色打动了，她的身上有着各样的颜色，她的身上包满了茸茸的长绒。我们找寻着，在书架的下面找到了。她用惊疑的眼睛望着我们，我们即刻吩咐仆人，为她弄好了肝和饭，我们故意不去看她，她就悄悄地就食去了。

从此在我们的家中，她也算是一个。

养了两个多月，在一天的清早，不知逃到哪里去了。她仍是从风门的窗格里钻出去（因为她，我们一直没有完整的纸糊在上面），到午饭时不见回来。我们想着下半天，想着晚饭的时候；可是她一直就不曾回来。

那时候，虽然少了一只小小的猫，住的地方就显得阔大寂寥起来了。当着她在我们这里的时候，那些冷清的角落，都为她跑着跳着填满了；为我们遗忘了的纸物，都由她有趣地抓了出来。一时她会跑上座灯的架上，一时始又跳上了书橱。可是她把花盆架上的一盆迎春拉到地上，碎了花盆的事也有过，记得自己真就以为她是一个有性灵的生物，申斥她，轻轻地打着她；她也就畏缩地躲在一旁，像是充分地明白了自己的过错似的。

平时最使她感觉到兴趣的事，怕就是钻进抽屉中的小睡。只要是拉开了她就安详地走进去，于是就故意又为她关上了。过些时再拉开来，她也许还未曾醒呢！有的时候是醒了，静静地卧着，看到了外面的天地，就站起来，拱着背缓缓地伸着懒腰。她会跳上了桌子，如果是晚间，她就分去了桌灯给我的光，往返地踱着，她的影子晃来晃去的，却充满了我那狭小的天地，使我也有着闹热的感觉。突然她会为一件小小的物件吸引住了，以前爪轻轻地拨着，惊奇地注视着被转动的物件，就退回了身子，伏在那里，还是一小步一步地退缩着——终于是猛地向前一蹿，那物件落在地上，她也随着跳下去。

我们有时候也用绒绳来逗引，看着她轻巧而窈窕地跳着。时常想到的就是“摘花赌身轻”的句子。

她的逃失呢，好像是早就想到了的。不是因为从窗里望着外面，看到其他的猫从墙头跳上跳下，她就起始也跑到外面去吗？原是不知何所来，就该是不知何所去。只是顿然少去了那么一只跑着跳着的生物，所住的地方就感到更大的空洞了。想着这样的情绪也许并不是持久的，过些天或者就可以忘怀了。只是当着春天的风吹着门窗的纸，就自然地把眼睛望着她日常出入的那个窗格，还以为她又从外面钻了回来。

走了也好，终不过是不足恃的小人呵！

这样地想了，我们的心就像是十分安然而愉快了。

过了四个月，B 君走了，那个家就留给我一个人。如果一直是冷清下来，对于那样的日子我也许能习惯了；却是日愈空寂的房子，无法使我安心地守下去。但是我也只有忍耐之一途。既不能在众人的处所中感到兴趣，除开面壁枯坐还有其他的方法吗？

一天，偶然地在市集中售卖猫狗的那一部，遇到一个老妇人和一个四五岁的女孩。她问我要不要买一只猫。我就停下来，预备看一下再说。她放下在手中的竹篮，解开盖在上面的一张布，就看到一只生了黄黑斑的白猫，正自躺在那里。在她的身下看到了两只才生下不久的小猫。一只是黑的，毛的尖梢却是雪白；那一只是白的，头部生了灰灰的斑。她和我说因为要离开这里，就不得不卖了。她和我要了极合理的价钱，我答应了，付过钱，就径自去买一个竹筐来。当着我把猫放到我的筐子里，那个孩子就大声哭起来。她舍不得她的宝贝。她丢下老妇人塞到她手中的钱。那个老妇人虽是爱着孩子，却好像钱对她真有一点用，就一面哄着一面催促着我快些离开。

叫了一辆车，放上竹筐，我就回去了。留在后面的是那个孩子的哭声。

诚然如那个老妇人所说，她们是到了天堂。最初几天那两只小猫还没有张开眼，从早到晚只是咪咪地叫着。我用烂饭和牛乳喂它们，到张开了眼的时候，我才又看到那个长了灰色斑的两个眼睛是不同的：一个是黄色，一个是蓝色。

大小三只猫，也尽够我自己忙的了（不止我自己，还有那个仆人）。大的一只时常要跑出去，小的就不断地叫着。她们时常在我的脚边缠绕，一不小心就被踏上一脚或是踢翻个身。她们横着身子跑，因为把米粒黏到脚上，跑着的时候就嗒嗒地响着，像生了铁蹄。她们欢喜坐在门槛上望着外面，见到后院的那条狗走过，她们就咈咈地叫着，毛都竖起来，急速地跳进房里。

为了她们，每次晚间回来都不敢提起脚步来走，只是溜着，开了灯，就看到她们偎依着在椅上酣睡。

渐渐地她们能爬到我的身上来了，还爬到我的肩头，她们就像到了险境，鸣叫着，一直要我用手把她们再捧下来。

这两只猫仔，引起了许多友人的怜爱，一个过路友人离开了这个城还在信中殷殷地问到。她说过要有那么一天，把这两只猫拿走的。但是为了病着的母亲的寂寥，我就把她们带到了 ××。

我先把她们的母亲送给了别人，我忘记了她们离开母亲会成为多么可怜的小动物。她们叫着。不给一刻的宁静，就是食物也不大能引着她们安下去。她们东找找西找找，然后就失望地朝了我。好像告诉我她们是丢失了母亲，也要我告诉她们：母亲到了哪里？两天都是这样，我都想再把那只大猫要回来了。后来友人告诉我说是那个母亲也叫了几天，终于上了房，不知到哪里去了。

因为要搭乘火车的，我就在行前的一日把她们装到竹篮里。她们就叫，吵得我一夜也不能睡，我想着这将是一桩麻烦的事，依照路章是不能携带猫或狗的。

早晨，我放出她们喂，吃得饱饱的（那时候她们已经消灭了失去母亲的悲哀），又装进竹篮里。她们就不再叫了。一直由我把她们安然地带回我的母亲的身边。

母亲的病在那时已经是很重了，可是她还是勉强地和我说笑。她爱那两只猫。她们也是立刻跳到她的身前。我十分怕看和母亲相见相别时的泪眼，这一次有这两个小东西岔开了母亲的伤心。

不久，她们就成为一种累赘了。当着母亲安睡的时候，她们也许咪咪地叫起来。当着母亲为病痛所苦的时候，她们也许要爬到她的身上。在这情形之下，我只能把她们交付了仆人，由仆人带到他自己的房中去豢养。

母亲的病使我忘记了一切的事，母亲故去了许久我才问着仆人那两只猫是否还活下来。仆人告诉我她们还活着的，因为一时的疏忽，她们的后腿冻跛了。可渐渐地好起来，也长大了，只是不大像从前那样洁净。

我只是应着，并没有要他把她们拿给我，因为被母亲生前所钟爱，她们已经成为我自己悲哀的种子了。

竹　刀

陆蠡

谁要是看惯了平畴万顷的田野，无穷尽地延伸着棋格子般的纵横阡陌，四周的地平线形成一个整齐的圆圈，只有疏疏的竹树在这圆周上划一些缺刻。这地平的背后没有淡淡的远山，没有点点的帆影，这幅极单调极平凡的画面乃似出诸毫无构思的拙劣的画家的手笔，令远瞩者的眼光得不到休止，而感到微微的疲倦。

假如在这平野中有一座遮断视线的孤山，不，一片高冈，一撮小丘，这对于永久囿于地的平面上的人们是多么兴奋啊。方朝日初上或夕阳初上或夕阳西坠，有巨大的山影横过田野，替没有陪衬没有光影的画面上添上一笔淡墨，一笔浓沈；多雾或微雨的天，山顶上浮起一缕白烟，一抹烟霭，间或有一道彩色的长虹，从平地尽处一脚跨到山后，于是这山便成了居民憧憬的景物。遂有平野的诗人，望见这山影移上短墙，风从门口吹进来，微有一丝凉意，哦然脱口高吟“天风入罗帏，山影排户闼”，意将古陋的旧门户喻作镶了兽环的朱门，从朱门里隐隐窥见微风拂动的绣帘，而他自己成了高车骏马的公子，偶然去那里伫盼。一会儿门掩了，他才醒过来，原来只有一片山影；也有好事的名流，乘了短轿来这山脚底下，买了一杯黄酒，索笔题词道：“湖山第一峰”，遗钞而去，吩咐匠人鸠工勒石；这小山经过了许多品题，如受封禅，乃成为名山。附近的村庄亦改名为某山村。于是，在清明，在重九，远地和近地的，大家像蚂蚁上树般地跑上这小山，“登高”啊，“览胜”啊。把山上的青草踏得一株不留。

有从远僻的山乡来的人望见了这名胜的小山，便呵呵大笑道：“这也算是‘山’吗？这，我们只叫作‘鸡头山’，因为只有鸡头大小，或者这因为山上长着很多野生的俗名叫作‘鸡头’的草实。说得体面点，便叫作‘馒头山’‘纱帽山’‘马鞍山’，这也算得‘山’吗？”双手叉住腰笑弯到地。

好奇的听客便会从他夸张的口里听到他所见的是如何绵亘数百里的大山。摩天的高岭终年住宿着白云，深谷中连飞鸟都会惊坠！那是因为在清潭里照见了它自己的影。嶙峋的怪石像巨灵起卧。野桃自生。不然则出山来的涧水何来这落英的一片？倘使溯流穷源而上，说不定有石扉砉然为你开启呢。但是如果俗虑未清，中途想着妻母，那回首便会迷途了。

“我不欢喜这揣测的臆谈，谁能够相信这桃源的故事？”于是他描说那跨悬在山腰间的羊肠路。那是只有两尺多宽，是细密的整齐的梯级。一边靠山，一边靠削壁千仞的深壑。望下去黑魆魆的，迷眩的，这深涧底下隐伏着为蛟，为龙，或其他神怪的水族，不得而知。总之万一踹了下去，则会跌得像一个烂柿子，有渣无骨头。但是居住在山里的人挑了一二百斤的干柴，往来这山道，耳朵沿搁着一朵兰花，一朵山茶花，百人中之一二会放上半截纸烟。他们挑着走着谈笑着，如履平地，如行坦途，有时还开个玩笑，在别人的腰旁拧一把。

还有人攀援下依附岩上的薜萝，腰间带了一把短刀，去采取名贵的山药，其中有一种叫作“吊兰”的。风从峡谷吹来，身子一荡一荡啊像个钟锤，在厚密的绿叶底下，有时吐出两条火红的蛇的细舌头，或蹿出一个灰褐色的蜥蜴……

听者忘了适才的责备，恍惚身临危岩，岩下是碧澄澄的潭水。仿佛脚下的小径在足底下沉陷，他不敢俯凭，不敢仰视，一手搭住说故事的人的肩膊，如觅得一种扶持，一时找不出话由，道：

“你的家乡便在这深山里吗？”

怎的不是。那是榛榛莽莽的山，林叶的荫翳，掩蔽了阳光，倘使在山径的转弯处不用斧头削去一片木皮作个记认，便会迷路。羊齿类高过你一身。绿藤缠绕在幼木上，如同蛇缠了幼儿。藤有右缠的左缠的，若是右缠的，则是百事无忧的征号，很容易找到路，碰到熟人，得好好儿受款待。迷路人倘若遇见左缠的藤，那是碰到鬼了，将寻不到要去的地方。但是你可以把它砍下，拿回家来，便会得了一根极神秘的驱邪的杖。

“关于山间神秘的话我听得许多。我知道妇人用左手打人会使人临到不幸的。则这左缠藤也正是这意义的扩张罢了。但是我想知道别的东西。”

故事又展开了。那是用“近山靠山，近水靠水”的老话开头。山民的取喻每嫌不恰切，故事中拉出枝枝节节来，有如一篇没有结构的文章。他最先说到山头上簪花的少女，在日出的时候负了竹筐到松林里去扫夜间被山风摇落的松针，积满一筐了，用“篾耙”的柄穿着背了回来。沿途采些“鸡头”“毛楂”和不知名的果实，一面在涧水洗净，一面嚼，倘有同伴在她的身旁投下一块小石，溅了她一脸的水，便会挨一顿着实的骂或揪扭起来；在雨天，她们躲在家里，把山里掘来的一种柴根，和水捣成浆，沉淀出略带红色的粉，那是比藕粉还细净的，或是把从棕榈树上剥下来的棕榈，一丝丝地抽出来，打成粗粗细细的绳线。

却说这山中少女，她在每天早晨携了竹筐到松林里去扫夜风摇落的松针，装满一筐便背了回来，沿途采些草实，在溪边洗洗手，一天也不会间断。她有一天正背了满筐的松针回来的时候，觉得竹筐异常地沉重，便想道：是谁放了石块在里面吗？暂时憩憩罢，便靠着竹筐坐下，却永久地坐在那儿了。山间人都说是因为她生得太美丽，被什么山灵或河伯娶去了，她的父母还替她预备了纸制的嫁妆，焚化给她……

“这又是我听到过不只一遍的故事……我颇想知道别的东西。”

你不是轻视幻想的编织吗？那么让我选一个实际的故事说给你，只可惜有一个悲惨的收场。你愿意知道山居的人是如何获得每天的粮食和日用品吗？狩猎是不行的，鸟兽乐生，不可杀尽；农稼也不行的，高高低低梯级似的田陇，于他们很少兴趣，况且这团团簇簇的高山遮住了阳光，只在中午的时候才晒进来，他们虽则种些番薯，山芋，玉蜀黍，大麦和小麦，但是他们大都靠打柴锯木为生。他在高山上砍得松柯，搁在露天底下一个月两个月，待干黄的时候挑到附近数十里外的村镇，换取一把盐，几枚针，一些细纱布，有时带回一片鲞，一包白糖……

冬天，他们砍下合抱的大树，截成栋梁楹柱的尺寸，大概不会超过一丈六尺或一丈八尺，或则锯成七八分对开的木板，等到明春山洪暴发的时候，顺水流到港口，结成木筏，首尾衔接像一条长蛇，用竹篙撑着，撑到城市的近郊，售给木商运销外埠。

山势陡峻的所在，巨大的木材无法输运，那只好任它自己折断自己腐烂了。但是他们砍取寸许大小的坚木，放在泥土筑成的窑里烧成木炭，这样重量便减轻了四分之三，容易挑到外面来，木炭的销场是很好的。

“你说得又远了。没有指示给我故事的连索”。

是哟！事情便是这样：他们是靠打柴烧炭为生的。但是你知道城市里的商人的阴恶和狠心吗？他们想尽种种方法，把炭和木板的买价压低，卖价抬高。他们都成了巨富了，还要想出更好的方法，各行家联合起来，霸住板炭的行市。他们不买，让木筏和装炭的竹牌搁在水里，不准他们上岸，说销场坏了，除非你们完全让步。

但是谁都知道这个鬼花样啊！

有的让步了。因为他们垫不起伙食费，有的呼号奔走了，但得不到公正的声援，因为吏警官厅都和他们连在一起。山民空着手在城里徜来徜去，望着橱窗里诱惑的东西，一袭夏季妇人穿的拷绸衣，红红绿绿的糖果，若能化了几个子儿带回去给孩子们，那他们多高兴啊。并且他知道家里缺少一把盐，几升米，那是要用钱去换的。

他们忧郁了。口里也不哼短歌，妒忌地望着大腹便便的木行老板，竟想不出办法。

交易是自由的，不卖由你，不买由他，真是没有话说了。

这里由山村各户凑合成的木筏是系着许多家庭的幸福的，纵然他们不致挨饿，他们的幸福的幻梦是被打碎了……

“我希望这木行老板有点良心，他们是够肥了。”

若将怜悯希望在他们的身上，抱那希望的人才是可悯的。可是事情的解决却非常简单，你愿意听我说下去罢。

一天，一位年轻的人随着大家撑着木筏到城里去，正在禁止上岸的当儿。大家议论纷纷想不出主意。这位年轻的人一声不响地在一只角落里用竹片削成一把尺来长的小刀，揣在怀里，跑上岸去，揪住一位大肚皮的木行老板，毫不费力地用竹刀刺进他的肚皮里，听说像刺豆腐一样的爽利，刺进去的时候一点也没有血溅出来，抽回来的时候，满手都是黏腻的了。他跑出城来，在溪旁洗手的时候被警吏捉去。

“你说了可怕的故事了。我没有想到你会说出这样吓人的语句，在你说到松林中簪花的少女……那一片美丽和平……你驱走了刚才引起的高山流水的奇观，说桃花瓣从淙淙涧底流出来呢……我懊悔听这故事，但是请你说完。”

官厅在检验凶器的时候颇怀疑竹刀的能力。传犯人来问：“你是持这凶器杀人吗？”

“是的。”

这怎么成？

他拿了这竹刀捏在右手里，伸出左臂，用力向臂上刺去。入肉有两寸深了，差一点不曾透过对面。复抽出这竹刀，掷在地上，鄙夷地望着臂上涔涔的血，说：“便是这样。”

大家脸都发青了。当时便没有继续讯问。各木板行老板也似乎怵于竹刀的威力，自动派人和他们商订条件，见了他们也不如先前的骄傲。

厚钝的竹刀割断了这难解的结。“便是这样”的斩钉截铁的四个字胜于一切的控诉。你说这青年是笨货吗？

“这位青年结果如何呢！”

听说刺断动脉后流血过多死了。……否则，他将在暗黑肮脏的牢房里过他壮健的一生。

春游颐和园

张恨水

四月中旬，清明已过，春花盛开，嫩绿抽芽，这正是游园的好季节。

颐和园是我们祖国最大的一个花园。当年的建筑工人荟集了苏州、杭州、无锡等处有名的风景、建筑形式，修造成这样一个美丽的花园。但是，这里的山——万寿山、水——昆明湖，却是天然的山水。远在一千五百年前郦道元的《水经注》里，就记载了这个山、这个水，而且还说它是更古一些的“燕之旧池”，并且在郦道元那时候，就已经是“亭台远瞩，胜游之地”的风景区。但在后来，却被统治阶级占有了，成了禁苑，远在八百年前，金朝建都燕京的时候，这里就修筑了“西山行宫”，把山称作瓮山，把水称做大泊湖。到了明朝，又增加了不少建筑，更起了个园名叫“好山园”。到了清代乾隆年间，把它列为禁苑之一。一七五〇年改名“清漪园”，山改名万寿山，水改名昆明湖，更修筑了周围十六华里的园墙，人民从此想看一看那波平如镜的水面，都不可能了。后来，一八六〇年英法联军攻进了北京城，焚毁了圆明园和这座清漪园，英法联军走了，逃跑到热河的西太后回来了，为了她个人和“皇族”的享受，居然用了最重要的国防费用——海军经费，重修了这座园林，因为她要“颐养天和”，就从她个人享受上改了园名叫“颐和园”。不但把原来清漪园重修起来，还另外修建了许多殿宇楼阁，如有名的排云殿，就是那次重修后的新建筑物。颐和园由于封建统治阶级搜括民财、荼毒民命（为了修颐和园，曾收土药税，公开卖鸦片烟），妄费人力，才把这座名园妆扮得如此美丽，我们今天游颐和园时，不能不对这种暴政憎恨，但也不能不对我们劳动人民的灵巧双手表示钦佩。一九一四年，颐和园开放了，但园内建筑却不修葺，并定极高的票价（一九三五年票价一元），所以那时颐和园的开放，对于广大劳动人民来说，仍然等于“禁苑”。解放后，颐和园经过了政府大力的修缮，二百七十三间的长廊，不但藻绘一新，而且每间都画出不同的风景来。颐和园里有一个地方叫“画中游”，我看走一走长廊，才真是画中游呢。立在最高山顶上的佛香阁，是早就修好了，现在排云殿正在大修理中。颐和园不但成为我们人民游览的地方，它也迎接了所有到我们中国来的国际友人和贵宾。

春天了，我们好好游一游颐和园吧。

颐和园在北京西直门外西北二十华里，有京颐、西颐两条公路可以从城里直达园门。我们一过海淀镇，便可远远看见仿佛宋人界画（国画技法名）似的云中楼阁，那就是高达一百三十五公尺的万寿山。等到了园门，就又是焕然一新的朱门，看不到山景了。进园门过了仁寿门，迎面就是仁寿殿，里面陈设着西太后坐朝的原样子，有“宝座”“御案”和龙凤宫扇等旧物，那里有服务员给游人讲解西太后坐朝的情形。向西北走，是德和园，里面有三层楼的戏台，戏台对面是颐乐殿，西太后就坐在颐乐殿里看戏；当那颐和园里锣鼓喧天的时候，也就正是园外六郎庄、挂甲屯一带稻农含着眼泪卖青苗的时候。现在，每年夏天有工人同志、劳动模范在这里休养，德和园接待了它自己的主人。

从德和园往西，穿过宜芸馆后身，就到了乐寿堂了。乐寿堂是当年西太后的卧室，现在仍然保存着原来西太后饮食起居的形象，从这里我们可以看出封建统治阶级的无耻奢靡来。乐寿堂后院有玉兰花四株，这在北方是很少见的名贵的花木，据说，从前“清漪园”时代，这里的玉兰还是蔚然成林的，所以这里叫过“玉香海”，但也在一八六〇年被英法联军给摧毁了，仅剩下这四株，还可以供我们欣赏，从它身上也引起我们对帝国主义者的更强烈的仇恨来。宜芸馆的南面是玉澜堂，正在仁寿殿后。乐寿堂的前轩，额为“水木自亲”，打开门来，就是昆明湖。

出乐寿堂，从邀月门起，往西直达石丈亭，就是那二百七十三间长廊了。长廊既是这样长，所以靠山一带名胜，就都在它的怀抱中了。放眼一看昆明湖上，真是春波荡漾，十里湖光。再远看一点，十七孔桥把湖山分成了两半，仿照黄鹤楼形式建筑的涵虚堂和北岸遥遥相对，矗立在南湖小岛上，堂下就是游船的码头，岛上还有龙王庙。横卧在湖的西部的，是长约五里的西堤，堤上有仿西湖六桥的幽风桥、玉带桥、镜桥、练桥、柳桥、绣绮桥。沿堤阳柳，已然抽出来新叶，飘拂着水面，真仿佛是到了西湖“柳浪闻莺”了。走到东段长廊的西头，正对着面湖“云辉玉宇”的北面宫门，那就是排云门。颐和园样样都好，只是那些殿宇题名太“富贵”气，只有这用“排云”两字题名的殿名，才比较好些。游人进了排云门，过了荷花池的小石桥，进二重门就是排云殿，这里是颐和园的山景中心，过去是西太后受“朝贺”的地方，殿里还有原来样式的陈设，只是经过反动政府多年的摧残，陈设已然不够原来那样多了。排云殿后是德辉殿，德辉殿后是佛香阁，一层比一层高，都围绕着名胜而上。上完了这些名胜，再朝下一望，真是排云而上啊！佛香阁是全山的最高处，是八角形的三层佛阁，下层内供接引佛。它和德辉殿，完全是石级，要步步扒上，这个石级，也有名字，叫作“朝真磴”。此外还有两条路：往东通“转轮藏”，转轮藏楼前有“万寿山昆明湖”的大石碑，碑阴刻着“万寿山昆明湖记”。往西通这宝云阁，这个阁的栋宇、窗牖、佛案，完全是用铜铸成的，所以又叫铜亭。从这里，我们可以认识到我们祖先高度的冶金技术，和劳动人民的辛勤劳动。

翻回来，我们再从排云门顺着西段长廊往西游，经过“山色湖光共一楼”“听鹂馆”，就到了长廊西尽头的“石丈亭”，现在这里辟作食堂——饮食服务处，每到假日，有多多少少的工人们在这里进餐，他们吃着价格极便宜的干烧鲜鲭鱼，欣赏着祖国的山水景物，欢度自己的假日。石丈亭外，那就是纯石头建成的“清宴舫”了，说起清宴舫，人家也许不知道，可是你提起它另一个名字“石舫”，那就无人不知了。石舫本来是从乾隆年以来的旧名字，一九〇三年在石舫上又起了二层楼，才改称清宴舫。清宴舫旁，就是船坞，从这里可以坐船到南湖龙王庙去。我们不坐船可以从此登山，虽然是登山，可是一路也是石桥流水，亭榭重叠。登山东行，半山之上，有石面路，斜曲向前，徘徊四顾，西山、玉泉山如行人在空中招手，西山更加亲近似的。路平空一曲，便抵“画中游”了，如从正面来说，画中游正在听鹂馆后上方，高度是一百零五公尺，它已然是在半山腰了。这座画中游，是由一座二层的八鱼亭为主体建筑，配以东面的爱山、西面的惜秋两楼，联系着画廊，一道曲线，在树木中穿过，叫画中游，倒是不错。再婉转东行，经过“湖山真意”，就到山顶的“智慧海”了。“智慧海”在佛香阁之后，俗称“无量殿”或“无梁殿”，三楹佛殿的栋宇窗牖，全是砖石砌成的，外砌琉璃砖，砖上全有佛像，殿南有琉璃牌坊一座，我们在远处看，琉璃瓦在日中大放光芒的，就是这里。在智慧海中可以看整个湖面园景，也可以看到后山的各处风景，在智慧海的下面，后山腰上的是“香岩宗印之阁”，再下面就是只剩有殿基的“须弥灵境”，须弥灵境左右点缀着几处园、斋、轩楼，现在也大部分塌倒了。过了须弥灵境，就是后湖，上有长桥，直达北宫门，北宫门就是原来清漪园正门，解放后开放了这个门，便利了不少游人。门内的西边，后湖的北岸，就是当年的“苏州街”，那是乾隆年间在这里列市，备统治者游览逛市的地方。

我们不向后湖去了，往东下山吧。稍南的一偏，行到半山中间，在四山成阴，寂无人语的境界里，看到一个亭子，这就是重翠亭。远看湖中，近看山底，真是水色空蒙，山光隐约，真是绝妙佳境。下山经过景福阁，到了一个山石重叠，修竹摇曳，清流潺潺的所在，这就是谐趣园西北的玉琴峡。谐趣园就是仿照惠山寄畅园修造的园林，原名惠山园，一八九三年重修后改名谐趣园。园里是随着堂、轩、楼、斋筑就的水池，夏季荷花盛开的时候，是别有风趣的。由玉琴峡往东南一拐，就是谐趣园正厅涵远堂，是以前西太后避暑的地方，现在陈列着古物，古物在明净的玻璃窗里，可以一览无余。涵远堂的东后偏是湛清轩，里面藏有刻石。顺着白玉石栏东南行，在东岸的是知春堂。由知春堂过知鱼桥，顺着画廊西南走，过饮绿亭和洗秋、引镜两亭，就到谐趣园的园门了，回顾那春水微波的谐趣园就如在脚下了。而园西的澄爽斋、瞩新楼却独自兀立在谐趣园门的北面，它们仿佛是谐趣园的欣赏者和旁观者。出了谐趣园门向南走，经过一个上写“赤城霞起”的城关式建筑，那就又到了西太后听戏的德和园了。

我们没游南湖、西堤，可是我们从长廊远观了它的秀丽景色。我们也没游后山，可是从智慧海俯视了后山全景。这一个为封建统治王朝修建的“禁苑”，而今成为广大人民游览胜地了。

伍

人生少忧虑，生活才好玩

慢点走、品品茶、喝喝酒、听听曲、写写字

悼路遥

史铁生

我当年插队的地方，延川，是路遥的故乡。

我下乡，他回乡，都是知识青年。那时我在村里喂牛，难得到处去走，无缘见到他。我的一些同学见过他，惊讶且叹服地说那可真正是个才子，说他的诗、文都作得好，说他而且年轻，有思想有抱负，说他未来不可限量。后来我在《山花》上见了他的作品，暗自赞叹。那时我既未做文学梦，也未及去想未来，浑浑噩噩。但我从小喜欢诗、文，便十分羡慕他，十分的羡慕很可能就接近着嫉妒。

第一次见到他，是在北京，其时我已经坐上了轮椅。路遥到北京来，和几个朋友一起来看我。坐上轮椅我才开始做文学梦，最初也是写诗。第一首成形的诗也是模仿了信天游的形式，自己感觉写得很不像话，没敢拿给路遥看。那天我们东聊西扯，路遥不善言谈，大部分时间里默默地坐着和默默地微笑，那默默之中，想必他的思绪并不停止。就像陕北的黄牛，停住步伐的时候便去默默地咀嚼。咀嚼人生。此后不久，他的名作《人生》便问世，从那小说中我又听见陕北，看见延安。

第二次见到他是在西安，在省作协的院子里。那是一九八四年，我在朋友们的帮助下回陕北看看，路过西安，在省作协的招待所住了几天。见到路遥，见到他的背有些驼，鬓发也有些白，并且一支接一支地抽烟。听说他正在写长篇，寝食不顾，没日没夜地干。我提醒他注意身体，他默默地微笑。我再说，他还是默默地微笑，我知道我的话没用，他肯定以默默的微笑抵挡了很多人的劝告了。那默默的微笑，料必是说：命何足惜？不苦其短，苦其不能辉煌。我至今不能判断其对错，唯再次相信“性格即命运”。然后我们到陕北去了，在路遥、曹谷溪、省作协领导李若冰和司机小李的帮助下，我们的那次陕北之行非常顺利，快乐。

第三次见到他，是在电视上，《正大综艺》节目里。主持人介绍那是路遥，我没理会，以为是另一个路遥，主持人说这就是《平凡的世界》的作者。我定睛细看，心重重地一沉。他竟是如此地苍老了，若非依旧默默地微笑，我实在是认不出他了。此前我已听说他患了肝病，而且很重，而且仍不在意，而且一如既往笔耕不辍奋争不已。但我怎么也没料到，此后不足一年，他会忽然离开这个平凡的世界。

他不是才四十二岁吗？我们不是还在等待他在今后的

四十二年里写出更好的作品来吗？如今已是“人生九十古来稀”的时代，怎么会只给他四十二年的生命呢？这事让人难以接受，这不是哭的问题。这事，沉重得不能够哭了。

有一年王安忆去了陕北，回来对我说：“陕北真是荒凉呀，简直不能想象怎么在那儿生活。”王安忆说：“可是路遥说，他今生今世是离不了那块地方的。路遥说，他走在山山川川沟沟峁峁之间，忽然看见一树盛开的桃花、杏花，就会泪流满面，确实心就要碎了。”我稍稍能够理解路遥，理解他的心是怎样碎的。我说稍稍理解他，是因为我毕竟只在那儿住了三年，而他的四十二年其实都没有离开那儿。我们从他的作品里理解他的心。他在用他的心写他的作品。可惜还有很多好作品没有出世，随着他的心，碎了。

这仍然不止是一个哭的问题。他在这个平凡的世界上倒下去，留下了不平凡的声音，这声音流传得比四十二年要长久得多了，就像那块黄土地的长久，像年年都要开放的山间的那一树繁花。

又是一年芳草绿

老舍

悲观有一样好处，它能叫人把事情都看轻了一些。这个可也就是我的坏处，它不起劲，不积极。您看我挺爱笑不是？因为我悲观。悲观，所以我不能板起面孔，大喊："孤——刘备！"我不能这样。一想到这样，我就要把自己笑毛咕了。看着别人吹胡子瞪眼睛，我从脊梁沟上发麻，非笑不可。我笑别人，因为我看不起自己。别人笑我，我觉得应该；说得天好，我不过是脸上平润一点的猴子。我笑别人，往往招人不愿意；不是别人的量小，而是不像我这样稀松，这样悲观。我打不起精神去积极地干，这是我的大毛病。可是我不懒，凡是我该做的我总想把它做了，总算得点报酬养活自己与家里的人——往好了说，尽我的本分。我的悲观还没到想自杀的程度，不能不找点事做。有朝一日非死不可呢，那只好死喽，我有什么法儿呢？

这样，你瞧，我是无大志的人。我不想当皇上。最乐观的人才敢当皇上，我没这份胆气。

有人说我很幽默，不敢当。我不懂什么是幽默。假如一定问我，我只能说我觉得自己可笑，别人也可笑；我不比别人高，别人也不比我高。谁都有缺欠，谁都有可笑的地方。我跟谁都说得来，可是他得愿意跟我说；他一定说他是圣人，叫我三跪九叩报门而进，我没这个瘾。我不教训别人，也不听别人的教训。幽默，据我这么想，不是嬉皮笑脸，死不要鼻子。

也不是怎股子劲儿，我成了个写家。我的朋友德成粮店的写账先生也是写家，我跟他同等，并且管他叫二哥。既是个写家，当然得写了。“风格即人”——还是“风格即驴”？——我是怎个人自然写怎样的文章了。于是有人管我叫幽默的写家。我不以这为荣，也不以这为辱。我写我的。卖得出去呢，多得个三块五块的，买什么吃不香呢。卖不出去呢，拉倒，我早知道指着写文章吃饭是不易的事。

稿子寄出去，有时候是肉包子打狗，一去不回头；连个回信也没有。这，咱只好幽默；多咱见着那个骗子再说，见着他，大概我们俩总有一个笑着去见阎王的，不过，这是不很多见的，要不怎么我还没想自杀呢。常见的事是这个，稿子登出去，酬金就睡着了，睡得还是挺香甜。直到我也睡着了，它忽然来了，仿佛故意吓人玩。数目也惊人，它能使我觉得自己不过值一毛五一斤，比猪肉还便宜呢。这个咱也不说什么，国难期间，大家都得受点苦，人家开铺子的也不容易，掌柜的吃肉，给咱点汤喝，就得念佛。是的，我是不能当皇上，焚书坑掌柜的，咱没那个狠心，你看这个劲儿！不过，有人想坑他们呢，我也不便拦着。

这么一来，可就有许多人看不起我。连好朋友都说："伙计，你也硬正着点，说你是为人类而写作，说你是中国的高尔基；你太泄气了！"真的，我是泄气，我看高尔基的胡子可笑。他老人家那股子自卖自夸的劲儿，打死我也学不来。人类要等着我写文章才变体面了，那恐怕太晚了吧？我老觉得文学是有用的；拉长了说，它比任何东西都有用，都高明。可是往眼前说，它不如一尊高射炮，或一锅饭有用。我不能吆喝我的作品是"人类改造丸"，我也不相信把文学杀死便天下太平。我写就是了。

别人的批评呢？批评是有益处的。我爱批评，它多少给我点益处；即使完全不对，不是还让我笑一笑吗？自己写的时候仿佛是蒸馒头呢，热气腾腾，莫名其妙。及至冷眼人一看，一定看出许多错儿来。我感谢这种指摘。说的不对呢，那是他的错儿，不干我的事。我永不驳辩，这似乎是胆儿小；可是也许是我的宽宏大量。我不便往自己脸上贴金。一件事总得由两面瞧，是不是？

对于我自己的作品，我不拿她们当作宝贝。是呀，当写作的时候，我是卖了力气的，我想往好了写。可是一个人的天才与经验是有限的，谁也不敢保了老写得好，连荷马也有打盹的时候。有的人呢，每一拿笔便想到自己是但丁，是莎士比亚。这没有什么不可以的，天才须有自信的心。我可不敢这样，我的悲观使我看轻自己。我常想客观地估量估量自己的才力；这不易做到，我究竟不能像别人看我看得那样清楚；好吧，既不能十分看清楚了自己，也就不用装蒜，谦虚是必要的，可是装蒜也大可以不必。

对做人，我也是这样。我不希望自己是个完人，也不故意地招人家的骂。该求朋友的呢，就求；该给朋友做的呢，就做。做得好不好，咱们大家凭良心。所以我很和气，见着谁都能扯一套。可是，初次见面的人，我可是不大爱说话的；特别是见着女人，我简直张不开口，我怕说错了话。在家里，我倒不十分怕太太，可是对别的女人老觉着恐慌，我不大明白妇女的心理；要是信口开河地说，我不定说出什么来呢，而妇女又爱挑眼。男人也有许多爱挑眼的，所以初次见面，我不大愿开口。我最不喜辩论，因为红着脖子粗着筋的太不幽默。我最不喜欢好吹腾的人，可并不拒绝与这样的人谈话；我不爱这样的人，但喜欢听他的吹。最好是听着他吹，吹着吹着连他自己也忘了吹到什么地方去，那才有趣。

可喜的是有好几位生朋友都这么说：“没见着阁下的时候，总以为阁下有八十多岁了。敢情阁下并不老。”是的，虽然将奔四十的人，我倒还不老。因为对事轻淡，我心中不大藏着计划，做事也无须耍手段，所以我能笑，爱笑；

天真的笑多少显着年轻一些。我悲观，但是不愿老声老气地悲观，那近乎“虎事”。我愿意老年轻轻的，死的时候像朵春花将残似的那样哀而不伤。我就怕什么“权威”咧，“大家”咧，“大师”咧，等等老气横秋的字眼们。我爱小孩，花草，小猫，小狗，小鱼；这些都不“虎事”。偶尔看见个穿小马褂的“小大人”，我能难受半天，特别是那种所谓聪明的孩子，让我难过。比如说，一群小孩都在那儿看变戏法儿，我也在那儿，单会有那么一两个七八岁的小老头说：“这都是假的！”这叫我立刻走开，心里堵上一大块。世界确是更“文明”了，小孩也懂事懂得早了，可是我还愿意大家傻一点，特别是小孩。假若小猫刚生下来就会捕鼠，我就不再养猫，虽然它也许是个神猫。

我不大爱说自己，这多少近乎“吹”。人是不容易看清楚自己的。不过，刚过完了年，心中还慌着，叫我写“人生于世”，实在写不出，所以就近地拿自己当材料。万一将来我不得已而做了皇上呢，这篇东西也许成为史料，等着瞧吧。

钓台的春昼

郁达夫

因为近在咫尺，以为什么时候要去就可以去，我们对于本乡本土的名区胜景，反而往往没有机会去玩，或不容易下一个决心去玩的。

正唯其是如此，我对于富春江上的严陵，二十年来，心里虽每在记着，但脚却从没有向这一方面走过。一九三一，岁在辛未，暮春三月，春服未成，而中央党帝，似乎又想玩一个秦始皇所玩过的把戏了，我接到了警告，就仓皇离去了寓居。

先在江浙附近的穷乡里，游息了几天，偶尔看见了一家扫墓的行舟，乡愁一动，就定下了归计。绕了一个大弯，赶到故乡，却正好还在清明寒食的节前。

和家人等去上了几处坟，与许久不曾见过面的亲戚朋友，来往热闹了几天，一种乡居的倦怠，忽而袭上心来了，于是乎我就决心上钓台去访一访严子陵的幽居。

钓台去桐庐县城二十余里，桐庐去富阳县治九十里不足，自富阳溯江而上，坐小火轮三小时可达桐庐，再上则须坐帆船了。

我去的那一天，记得是阴晴欲雨的养花天，并且系坐晚班轮去的，船到桐庐，已经是灯火微明的黄昏时候了，不得已就只得在码头近边的一家旅馆的高楼上借了一宵宿。

桐庐县城，大约有三里路长，三千多烟灶，一二万居民，地在富春江西北岸，从前是皖浙交通的要道，现在杭江铁路一开，似乎没有一二十年前的繁华热闹了。尤其要使旅客感到萧条的，却是桐君山脚下的那一队花船失去了踪影。

说起桐君山，原是桐庐县的一个接近城市的灵山胜地，山虽不高，但因有仙，自然是灵了。以形势来论，这桐君山，也的确是可以产生出许多口音生硬，别具风韵的桐严嫂来的生龙活脉；地处在桐溪东岸，正当桐溪和富春江合流之所，依依一水，西岸便瞰视着桐庐县市的人家烟树。

南面对江，便是十里长州；唐诗人方干的故居，就在这十里桐洲九里花的花田深处。向西越过桐庐县城，更遥遥对着一排高低不定的青峦，这就是富春山的山子山孙了。

东北面山下，是一片桑麻沃地，有一条长蛇似的官道，隐而复现，出没盘曲在桃花杨柳洋槐榆树的中间；绕过一支小岭，便是富阳县的境界，大约去程明道的墓地程坟，总也不过一二十里地的间隔，我的去拜谒桐君，瞻仰道观，就在那一天到桐庐的晚上，是淡云微月，正在作雨的时候。

鱼梁渡头，因为夜渡无人，渡船停在东岸的桐君山下。我从旅馆踱了出来，先在离轮埠不远的渡口停立了几分钟，后来问一位来渡口洗夜饭米的年轻少妇，弓身请问了一回，才得到了渡江的秘诀。

她说：“你只须高喊两三声，船自会来的。”

先谢了她教我的好意，然后以两手围成了播音的喇叭，“喂，喂，渡船请摇过来！”地纵声一喊，果然在半江的黑影当中，船身摇动了。渐摇渐近，五分钟后，我在渡口，却终于听出了咿呀柔橹的声音。

时间似乎已经入了酉时的下刻，小市里的群动，这时候都已经静息；自从渡口的那位少妇，在微茫的夜色里，藏去了她那张白团团的面影之后，我独立在江边，不知不觉心里头却兀自感到了一种他乡日暮的悲哀。

渡船到岸，船头上起了几声微微的水浪清音，又铜东的一响，我早已跳上了船，渡船也已经掉过头来了。坐在黑沉沉的舱里，我起先只在静听着柔橹划水的声音，然后却在黑影里看出了一星船家在吸着的长烟管头上的烟火，最后因为沉默压迫不过，我只好开口说话了：“船家！你这样的渡我过去，该给你几个船钱？”我问。

“随你先生把几个就是。”船家说话冗慢幽长，似乎已经带着些睡意了，我就向袋里摸出了两角钱来。“这两角钱，就算是我的渡船钱，请你候我一会，上去烧一次夜香，我是依旧要渡过江来的。”

船家的回答，只是恩恩乌乌，幽幽同牛叫似的一种鼻音，然而从继这鼻音而起的两三声轻快的咳声听来，他却已经在感到满足了，因为我也知道，乡间的义渡，船钱最多也不过是两三枚铜子而已。

到了桐君山下，在山影和树影交掩着的崎岖道上，我上岸走不上几步，就被一块乱石绊倒，滑跌了一次。船家似乎也动了恻隐之心了。一句话也不发，跑将上来，他却突然交给了我一盒火柴。

我于感谢了一番他的盛意之后，重整步武，再摸上山去，先是必须点一支火柴走三五步路的，但到得半山，路既就了规律，而微云堆里的半规月色，也朦胧地现出一痕银线来了，所以手里还存着的半盒火柴，就被我藏入了袋里。

路是从山的西北，盘曲而上，渐走渐高，半山一到，天也开朗了一点，桐庐县市上的灯光，也星星可数了。更纵目向江心望去，富春江两岸的船上和桐溪合流口停泊着的船尾船头，也看得出一点一点的火来。

走过半山，桐君观里的晚祷钟鼓，似乎还没有息尽，耳朵里仿佛听见了几丝木鱼钲钹的残声。走上山顶，先在半途遇着了一道道观外围的女墙，这女墙的栅门，却已经掩上了。

在栅门外徘徊了一刻，觉得已经到了此门而不进去，终于是不能满足我这一次暗夜冒险的好奇怪癖的。所以细想了几次，还是决心进去，非进去不可，轻轻用手往里面一推，栅门却呀的一声，早已退向了后方开开了，这门原来是虚掩在那里的。

进了栅门，踏着为淡月所映照的石砌平路，向东向南地前走了五六十步，居然走到了道观的大门之外，这两扇朱红漆的大门，不消说是紧闭在那里的。

到了此地，我却不想再破门进去了，因为这大门是朝南向着大江开的，门外头是一条一丈来宽的石砌步道，步道的一旁是道观的墙，一旁便是山坡，靠山坡的一面，并且还有一道二尺来高的石墙筑在那里，大约是代替栏杆，防人倾跌下山去的用意；石墙之上，铺的是二三尺宽的青石，在这似石栏又似石凳的墙上，尽可以坐卧游息，饱看桐江和对岸的风景，就是在这里坐它一晚，也很可以，我又何必去打开门来，惊起那些老道的噩梦呢？

空旷的天空里，流涨着的只是些灰白的云，云层缺处，原也看得出半角的天，和一点两点的星，但看起来最饶风趣的，却仍是欲藏还露，将见仍无的那半规月影。

这时候江面上似乎起了风，云脚的迁移，更来得迅速了，而低头向江心一看，几多散乱着的船里的灯光，也忽明忽灭地变换了一变换位置。

这道观大门外的景色，真神奇极了。

我当十几年前，在放浪的游程里，曾向瓜州京口一带，消磨过不少的时日，那时觉得果然名不虚传的，确是甘露寺外的江山，而现在到了桐庐，昏夜上这桐君山来一看，又觉得这江山的秀而且静，风景的整而不散，却非那天下第一江山的北固山所可与比拟的了。

真也难怪得严子陵，难怪得戴徵士，倘使我若能在这样的地方结屋读书，颐养天年，那还要什么的高官厚禄，还要什么的浮名虚誉哩？

一个人在这桐君观前的石凳上，看看山，看看水，看看城中的灯火和天上的星云，更做做浩无边际的无聊的幻梦，我竟忘记了时刻，忘记了自身，直等到隔江的击柝声传来，向西一看，忽而觉得城中的灯影微茫地灭了，才跑也似的走下了山来，渡江奔回了客舍。

第二日侵晨，觉得昨天在桐君观前做过的残梦正还没有续完的时候，窗外面忽而传来了一阵吹角的声音。

好梦虽被打破，但因这同吹筚篥似的商音哀咽，却很含着些荒凉的古意，并且晓风残月，杨柳岸边，也正好候船待发，上严陵去；所以心里纵怀着了些儿怨恨，但脸上却只现出了一痕微笑，起来梳洗更衣，叫茶房去雇船去。

雇好了一只双桨的渔舟，买就了些酒菜鱼米，就在旅馆前面的码头上上了船。轻轻向江心摇出去的时候，东方的云幕中间，已现出了几丝红韵，有八点多钟了，舟师急得厉害，只在埋怨旅馆的茶房，为什么昨晚不预先告诉，好早一点出发。

因为此去就是七里滩头，无风七里，有风七十里，上钓台去玩一趟回来，路程虽则有限，但这几日风雨无常，说不定要走夜路，才回来得了的。过了桐庐，江心狭窄，浅滩果然多起来了。

路上遇着的来往的行舟，数目也是很少，因为早晨吹的角，就是往建德去的快班船的信号，快班船一开，来往于两埠之间的船就不十分多了。两岸全是青青的山，中间是一条清浅的水，有时候过一个沙洲，洲上的桃花菜花，还有许多不晓得名字的白色的花，正在喧闹着春暮，吸引着蜂蝶。

我在船头上一口一口地喝着严东关的药酒，指东话西地问着船家，这是什么山？那是什么港？惊叹了半天，称颂了半天，人也觉得倦了，不晓得什么时候，身子却走上了一家水边的酒楼，在和数年不见的几位已经做了党官的朋友高谈阔论。谈论之余，还背诵了一首两三年前曾在同一的情形之下做成的歪诗。

不是尊前爱惜身，佯狂难免假成真，
曾因酒醉鞭名马，生怕情多累美人。
劫数东南天作孽，鸡鸣风雨海扬尘，
悲歌痛哭终何补，义士纷纷说帝秦。

直到盛筵将散，我酒也不想再喝了，和几位朋友闹得心里各自难堪，连对旁边坐着的两位陪酒的名花都不愿意开口。正在这上下不得的苦闷关头，船家却大声地叫了起来说："先生，罗芷过了，钓台就在前面，你醒醒吧，好上山去烧饭吃去。"

擦擦眼睛，整了一整衣服，抬起头来一看，四面的水光山色又忽而变了样子了。清清的一条浅水，比前又窄了几分，四围的山包得格外地紧了，仿佛是前无去路的样子。并且山容峻削，看去觉得格外地瘦格外地高。

向天上地下四围看看，只寂寂的看不见一个人类。双桨的摇响，到此似乎也不敢放肆了，钩的一声过后，要好半天才来一个幽幽的回响，静，静，静，身边水上，山下岩头，只沉浸着太古的静，死灭的静，山峡里连飞鸟的影子也看不见半只。

前面的所谓钓台山上，只看得见两个大石垒，一间歪斜的亭子，许多纵横芜杂的草木。山腰里的那座祠堂，也只露着些废垣残瓦，屋上面连炊烟都没有一丝半缕，像是好久好久没有人住了的样子。并且天气又来得阴森，早晨曾经露一露脸过的太阳，这时候早已深藏在云堆里了，余下来的只是时有时无从侧面吹来的阴飕飕的半箭儿山风。

船靠了山脚，跟着前面背着酒菜鱼米的船夫，走上严先生祠堂去的时候，我心里真有点害怕，怕在这荒山里要遇见一个干枯苍老得同丝瓜筋似的严先生的鬼魂。

在祠堂西院的客厅里坐定，和严先生的不知第几代的裔孙谈了几句关于年岁水旱的话后，我的心跳也渐渐儿地镇静下去了，嘱托了他以煮饭烧菜的杂务，我和船家就从断碑乱石中间爬上了钓台。

东西两石垒，高各有二三百尺，离江面约两里来远，东西台相去，只有一二百步，但其间却夹着一条深谷，立在东台，可以看得出罗芷的人家，回头展望来路，风景似乎散漫一点，而一上谢氏的西台，向西望去，则幽谷里的清景，却绝对的不像是在人间了。

我虽则没有到过瑞士，但到了西台，朝西一看，立时就想起了曾在照片上看见过的威廉退儿的祠堂。这四山的幽静，这江水的青蓝，简直同在画片上的珂罗版色彩，一色也没有两样；所不同的，就是在这儿的变化更多一点，周围的环境更芜杂不整齐一点而已，但这却是好处，这正是足以代表东方民族性的颓废荒凉的美。

从钓台下来，回到严先生的祠堂——记得这是洪杨以后严州知府戴槃重建的祠堂——西院里饱啖了一顿酒肉，我觉得有点酩酊微醉了。手拿着以火柴柄制成的牙签，走到东面供着严先生神像的龛前，向四面的破壁上一看，翠墨淋漓,题在那里的,竟多是些俗而不雅的过路高官的手笔。最后到了南面的一块白墙头上,在离屋檐不远的一角高处,却看到了我们的一位新近去世的同乡夏灵峰先生的四句似邵尧夫而又略带感慨的诗句。

夏灵峰先生虽则只知崇古，不善处今，但是五十年来，像他那样的顽固自尊的亡清遗老,也的确是没有第二个人。

比较起现在的那些官迷财迷的南满尚书和东洋宦婢来，他的经术言行，姑且不必去论它，就是以骨头来称称，我想也要比什么罗三郎郑太郎辈，重到好几百倍。

慕贤的心一动，醺人的臭技自然是难熬了，堆起了几张桌椅，借得了一支破笔，我也在高墙上在夏灵峰先生的脚后放上了一个陈屁，就是在船舱的梦里，也曾微吟过的那一首歪诗。

从墙头上跳将下来，又向龛前天井去走了一圈，觉得酒后的喉咙，有点渴痒了，所以就又走回到了西院，静坐着喝了两碗清茶。

在这四大无声，只听见我自己的啾啾喝水的舌音冲击到那座破院的败壁上去的寂静中间，同惊雷似的一响，院后的竹园里却忽而飞出了一声闲长而又有节奏似的鸡啼的声来。同时在门外面歇着的船家，也走进了院门，高声地对我说："先生，我们回去吧，已经是吃点心的时候了，你不听见那只公鸡在后山啼吗？我们回去吧！"

看　花

朱自清

生长在大江北岸一个城市里，那儿的园林本是著名的，但却很少；似乎自幼就不曾听见过“我们今天看花去”一类话，可见花事是不盛的。有些爱花的人，大都只是将花栽在盆里，一盆盆搁在架上；架子横放在院子里。院子照例是小小的，只够放下一个架子；架上至多搁二十多盆花罢了。有时院子里依墙筑起一座“花台”，台上种一株开花的树；也有在院子里地上种的。但这只是普通的点缀，不算是爱花。

家里人似乎都不甚爱花；父亲只在领我们上街时，偶然和我们到“花房”里去过一两回。但我们住过一所房子，有一座小花园，是房东家的。那里有树，有花架（大约是紫藤花架之类），但我当时还小，不知道那些花木的名字；只记得爬在墙上的是蔷薇而已。园中还有一座太湖石堆成的洞门；仔细想想，似乎也还好的。在那时由一个顽皮的少年仆人领了我去，却只知道跑来跑去捉蝴蝶；有时掐下几朵花，也只是随意弄着，随意丢弃了。

在高小的一个春天，有人提议到城外F寺里吃桃子去，而且预备白吃；不让吃就闹一场，甚至打一架也不在乎。那时虽远在五四运动以前，但我们那里的中学生却常有打进戏园看白戏的事。中学生能白看戏，小学生为什么不能白吃桃子呢？我们都这样想，便由那提议人纠合了十几个同学，浩浩荡荡地向城外而去。到了F寺，气势不凡地呵叱着道人们（我们称寺里的工人为道人），立刻领我们向桃园里去。道人们踌躇着说："现在桃树刚才开花呢。"但是谁信道人们的话？我们终于到了桃园里。大家都丧了气，原来花是真开着呢！这时提议人P君便去折花。道人们是一直步步跟着的，立刻上前劝阻，而且用起手来。但P君是我们中最不好惹的；"说时迟，那时快"，一眨眼，花在他的手里，道人已跟跄在一旁了。那一园子的桃花，想来总该有些可看；我们却谁也没有想着去看。只嚷着："没有桃子，得沏茶喝！"道人们满肚子委屈地引我们到"方丈"里，大家各喝一大杯茶。这才平了气，谈谈笑笑地进城去。大概我那时还只懂得爱一朵朵的栀子花，对于开在树上的桃花，是并不了然的；所以眼前的机会，便从眼前错过了。

以后渐渐念了些看花的诗，觉得看花颇有些意思。但到北平读了几年书，却只到过崇效寺一次；而去得又嫌早些，那有名的一株绿牡丹还未开呢。北平看花的事很盛，看花的地方也很多；但那时热闹的似乎也只有一班诗人名士，其余还是不相干的。那正是新文学运动的起头，我们这些少年，对于旧诗和那一班诗人名士，实在有些不敬；而看花的地方又都远不可言，我是一个懒人，便干脆地断了那条心了。后来到杭州做事，遇见了Y君，他是新诗人兼旧诗人，看花的兴致很好。我和他常到孤山去看梅花。孤山的梅花是古今有名的，但太少；又没有临水的，人也太多。有一回坐在放鹤亭上喝茶，来了一个方面有须，穿着花缎马褂的人，用湖南口音和人打招呼道："梅花盛开嗒！""盛"字说得特别重，使我吃了一惊；但我吃惊的也只是说在他嘴里"盛"这个声音罢了，花的盛不盛，在我倒并没有什么的。

有一回，Y来说，灵峰寺有三百株梅花；寺在山里，去的人也少。我和Y，还有N君，从西湖边雇船到岳坟，从岳坟入山。曲曲折折走了好一会，又上了许多石级，才到山上寺里。寺甚小，梅花便在大殿西边园中。园也不大，东墙下有三间净室，最宜喝茶看花；北边有座小山，山上有亭，大约叫"望海亭"吧，望海是未必，但钱塘江与西湖是看得见的。梅树确是不少，密密地低低地整列着。那时已是黄昏，寺里只我们三个游人；梅花并没有开，但那珍珠似的繁星似的骨朵儿，已经够可爱了；我们都觉得比孤山上盛开时有味。大殿上正做晚课，送来梵呗（和尚念经声）的声音，和着梅林中的暗香，真叫我们舍不得回去。在园里徘徊了一会，又在屋里坐了一会，天是黑定了，又没有月色，我们向庙里要了一个旧灯笼，照着下山。路上几乎迷了道，又两次三番地被狗咬；我们的Y诗人确有些窘了，但终于到了岳坟。船夫远远迎上来道："你们来了，我想你们不会冤我呢！"在船上，我们还不离口地说着灵峰的梅花，直到湖边电灯光照到我们的眼。

Y回北平去了，我也到了白马湖。那边是乡下，只有沿湖与杨柳相间着种了一行小桃树，春天花发时，在风里娇媚地笑着。还有山里的杜鹃花也不少。这些日日在我们眼前，从没有人煞有介事地提议："我们看花去。"但有一位S君，却特别爱养花；他家里几乎是终年不离花的。我们上他家去，总看他在那里不是拿着剪刀修理枝叶，便是提着壶浇水。我们常乐意看着。他院子里一株紫薇花很好，我们在花旁喝酒，不知多少次。白马湖住了不过一年，我却传染了他那爱花的嗜好。但重到北平时，住在花事很盛的清华园里，接连过了三个春，却从未想到去看一回。只在第二年秋天，曾经和孙三先生在园里看过几次菊花。"清华园之菊"是著名的，孙三先生还特地写了一篇文，画了好些画。但那种一盆一干一花的养法，花是好了，总觉没有天然的风趣。直到去年春天，有了些余闲，在花开前，先向人问了些花的名字。

一个好朋友是从知道姓名起的，我想看花也正是如此。恰好Y君也常来园中，我们一天三四趟地到那些花下去徘徊。如今Y君忙些，我便一个人去。我爱繁花老干的杏，临风婀娜的小红桃，贴梗累累如珠的紫荆；但最恋恋的是西府海棠。海棠的花繁得好，也淡得好；艳极了，却没有一丝荡意。疏疏的高干子，英气隐隐逼人。可惜没有趁着月色看过；王鹏运有两句词道："只愁淡月朦胧影，难验微波上下潮。"我想月下的海棠花，大约便是这种光景吧。为了海棠，前两天在城里特地冒了大风到中山公园去，看花的人倒也不少；但不知怎的，却忘了畿辅先哲祠。Y告诉我那里的一株，遮住了大半个院子；别处的都向上长，这一株却是横里伸张的。花的繁没有法说；海棠本无香，昔人常以为恨，这里花太繁了，却酝酿出一种淡淡的香气，使人久闻不倦。Y告我，正是刮了一日还不息的狂风的晚上；他是前一天去的。他说他去时地上已有落花了，这一日一夜的风，准完了。他说北平看花，是要赶着看的：春光太短了，又晴的日子多；今年算是有阴的日子了，但狂风还是逃不了的。我说北平看花，比别处有意思，也正在此。这时候，我似乎不甚菲薄那一班诗人名士了。

窗

靳以

在记忆中，窗应该是灵魂上辉耀的点缀。可是当我幼年的时节，像是有些不同，我们当然不是生活在无窗的暗室里，那窗口也大着呢，但是隔着铁栏，在铁栏之外还是木条钉起扇样的护窗板，不但挡住大野的景物，连太阳也遮住了。那时我们正在一个学校里读书，真是像监牢一般地把我们关在里边，顽皮的孩子只有蹲在地上仰起头来才看到外边——那不过是一线青天而已！那时我们那么高兴地听着窗外的市声，甚至还回答窗外人的语言；可是那无情的木板挡住了一切，我们既看不出去，别人也看不进来。

就是在这情形之下，我们长着长着……当我们走出来的时候，五光十色使我们的眼睛晕眩了，一时张不开来，胆小的便又逃避般地跳回那间木屋里，情愿把自己关在那一无所见的陋室中；可是我们这些野生野长的孩子们，就做了一名勇敢的闯入者，终于冲到纷杂的人世中去了，凭着那股勇气，不顾一己的伤痛，毕竟能看了，能听了，也能说了。于是当我们再踱入那无窗的，遮住了窗的屋子里，我们就感觉到死一般的窒闷。

最使我喜悦的当然是能耸立在高高的山顶，极目四望，那山啊河啊的无非是小丘和细流，一切都收入眼底；整个的心胸全都敞开了，也还不能收容那广阔的天地。一声高啸，树叶的海都为那声音轻轻推动，刹时间，云涌雾滚，自己整个消失在白茫茫之中了，可是我并不慌张，还清楚地知道，仍是挺拔地站在峭峰之上。

可是现实生活却把我们安排在蠢蠢的人世里，我们不能超俗拔尘地活在云端，我们也只好是那些蠕蠕动着的人类之一，即使不想去触犯别人，别人也要来挤你的。用眼睛相瞪，用鼻子相哼，用嘴相斥——几乎都要到了用嘴相咬的地步了。

于是当我过了烦恼的一日，便走回我的房子，这时，一切该安静下来，为着从窗口泻进来的一片月光，我不忍开灯，便静静地坐到窗前，看看远近的山树，还有那日夜湍流的白花花的江水，若是一个无月夜呢，星星像智慧的种子，每一颗都向我闪着，好像都要跃入我灵魂的深处，我很忙碌地把它们迎入我的心胸。

每一个早晨，当我被梦烦苦够了，才一醒来，就伸手推开当头的窗，一股清新的气流随即淌进来了。于是我用手臂支着头，看出去，看到那被露水洗过的翠绿的叶子，还有那垂在叶尖的滚圆的水珠，鸣啭的鸟雀不但穿碎了那片阳光，还把水珠撞击下来，纷纷如雨似的落下去呢！也许有一只莽撞的鸟，从那不曾关闭的窗口飞了进来，于是带来那份自然的生气，它在我那屋顶上圜飞，终于有点慌张了，几次碰到壁角或是粉顶上，我虽然很为它担一份心，可是我也不能指引它一条路再回到那大自然的天地中。我的眼和心也为它匆忙着，它还有那份智巧，朝着流泻光亮的所在飞去，于是它又穿行在蓝天绿树的中间了。我再听不到那急促的鸣叫，有的是那高啭低鸣的万千种鸟的声音，我那么欢喜听，可是我看不见，我只知道少数的几种名字。还有那糅合了多少种的花草的香气，也尽自从窗口涌流进来，是的，我不能再那么懒睡在床上了，我霍地跳起来，也投身到窗外自由的世界中！我知道人类是怎样爱好自然，爱好自由的天地，我还记得，当着病痛使我不得不把自己交给医生的时候，我像一只羊似的半躺在手术台上，更大的疼痛使我忘记我的病痛了，额间的汗珠不断地涨起来，左手抓着右手，我闭紧嘴，我听到刀剪在我的皮肉上剪割的声音，半呆的眼，却定定地望着迎面的大窗，花开了，叶子也绿了，白云无羁绊地飘着，“唉唉，”我心里叫着，“我为什么不是那只在枝上跳跃的小鸟呢？那我就不必受这些苦痛了！”

我渐渐也懂得那些被囚禁的信徒们的心，看到从那高高的窗口透进的一柱阳光，便合掌跪在地上，虔诚地以为那就是救主的灵应，大神的光辉，好像那受难的灵魂，便由此而得救似的。是的，他们已经被残暴的罗马君主拘捕了，把一些不该得的罪名全都堆在他们的身上，他们中的一些，早被丢给那凶猛的狮虎，他们只是生活在黑暗潮湿之中，忍住啜泣，泪淌到自己的心里，忽然那光降临了，也许突然间使他们睁不开眼，可是那只是刹那间的事，那是光啊，那是不死的希望啊，那是万能的上帝啊，于是他们自然而然地划着十字跪下去了，求神来接受他们那些纯洁的灵魂吧，他们深知，那被照亮了的灵魂，该永远也不会走上歧途，纵然他们明天也要追随他们同伴的路，丢给那些野兽，或是再加以更惨酷的刑罚，可是他们已经没有畏惧了，他们已经得到整个的拯救。他们把幸福交付给未来，他们眼睛一直望着遥远的所在，追随着光明向远飞去。

可是我并不曾得到拯救，我只有一颗不安定的心。我为每日的工作把背坐弯了，眼看花了，可是我还是在不安宁之中。当我抬起头来，我却得着解放。迎着我的那窗口仿佛是一个自然的镜框，于是我长长地喘了一口气，我的心又舒展开了。我的眼又明亮起来。我把窗外的景物装在我自然的镜框中。我摇动我的头部，因为我具有一份匠心，想把最好的景物装在那中间。我知道蓝天不该太多，也不能都被山撑满，绿色固然象征青春，可是一派树木也显得非常单调，终于我不得不站起来，于是蜿蜒的公路和日夜湍流的江也收在眼底了。我好好安排，在那黑暗的屋顶的上面有轻盈的炊烟，在那一片绿树之中，虽然没有花朵的点缀，却有经霜的乌桕；呆板的大山，却被一抹梦幻般的云雾拦腰围住，江水碧了，正好这时候没有汽车飞驰，公路只是沉静地躺在那里，夕阳又把这些景物罩上一层金光，使它更柔和，更幽美，……我更看到了，在那小桥的边上，还有一株早开的桃花，这还是冬天呢，想不到温暖的风却吹绽了一树红桃。

跟着我像有所触悟似的打了一个寒战，我就急遽地摇去了那株桃花，因为我分明记得，在一个寒冷的早晨，我看到一些人埋葬他们冻死的同伴，就是在那株树下，他们挖了一个坑，那三个死去的人，竟完全和他们来到这个世界的时候一样，精光光的，被丢到那个坟里去了。没有一滴眼泪，没有一声叹息，那正是一个极冷的天，严霜把屋顶盖白了，树木变成淡绿的颜色，江水好像油一般地凝住了，芭蕉已经转成枯黑，死沉沉地垂萎下来！……

如今，水绿了，活泼地流着，枯死的芭蕉又冒出尖细的长叶，那些被埋在地下的人，却使那棵树早着了无数朵红花！想象着它也该早结成累累的果实，饱孕着血一般的汁液的果实，我不忍吃，我也不忍看，我已经急速地把它抛在我那自然的镜框之外了。

可是现在，我那自然的镜框只有一片黑暗，因为这正是夜晚，我已经伏案许久了，跳动的灯火使我的眼睛酸痛，我就放下笔，推开了窗，正是月半。该有一幅清明的夜景，不料乌云障住了整个的天，凡是发光的全都隐晦了，我万分失望，不愉快地摇着头，当我的头偏过去，我突然看到在那不注意的高角上，有一点红红的野火，那是烧在山顶上，却也映在水面。红茸茸的一团，高高地顶在峰尖，它好像不是摧毁万物的火，也不是博得美人一笑而使诸侯愤怒的火，也不是使罗马城化成灰烬，而引起暴君尼罗王的诗兴的火；它是那个普洛米修士从大神宙斯那里偷来送给人间的，它是那把光明撒给大地的火。

我尽顾书写，当我抬起头来，那火已经好像点在岭巅的一排明灯，使黑暗的天地顿时辉耀起来了。

囚绿记

陆蠡

这是去年夏间的事情。

我住在北平的一家公寓里。我占据着高广不过一丈的小房间，砖铺的潮湿的地面，纸糊的墙壁和天花板，两扇木格子嵌玻璃的窗，窗上有很灵巧的纸卷帘，这在南方是少见的。

窗是朝东的。北方的夏季天亮得快，早晨五点钟左右太阳便照进我的小屋，把可畏的光线射个满室，直到十一点半才退出，令人感到炎热。这公寓里还有几间空房子，我原有选择的自由的，但我终于选定了这朝东房间，我怀着喜悦而满足的心情占有它，那是有一个小小理由。

这房间靠南的墙壁上，有一个小圆窗，直径一尺左右。窗是圆的，却嵌着一块六角形的玻璃，并且左下角是打碎了的，留下一个大孔隙，手可以随意伸进伸出。圆窗外面长着常春藤。当太阳照过它繁密的枝叶，透到我房里来的时候，便有一片绿影。我便是欢喜这片绿影才选定这房间的。当公寓里的伙计替我提了随身小提箱，领我到这房间来的时候，我瞥见这绿影，感觉到一种喜悦，便毫不犹疑地决定下来，这样了截爽直使公寓里伙计都惊奇了。

绿色是多宝贵的啊！它是生命，它是希望，它是慰安，它是快乐。我怀念着绿色把我的心等焦了。我欢喜看水白，我欢喜看草绿。我疲累于灰暗的都市的天空和黄漠的平原，我怀念着绿色，如同涸辙的鱼盼等着雨水！我急不暇择的心情即使一枝之绿也视同至宝。当我在这小房中安顿下来，我移徙小台子到圆窗下，让我的面朝墙壁和小窗。门虽是常开着，可没人来打扰我，因为在这古城中我是孤独而陌生的。但我并不感到孤独。我忘记了困倦的旅程和已往的许多不快的记忆。我望着这小圆洞，绿叶和我对语。我了解自然无声的语言，正如它了解我的语言一样。

我快活地坐在我的窗前。度过了一个月，两个月，我留恋于这片绿色。我开始了解渡越沙漠者望见绿洲的欢喜，我开始了解航海的冒险家望见海面飘来花草的茎叶的欢喜。人是在自然中生长的，绿是自然的颜色。

我天天望着窗口常春藤的生长。看它怎样伸开柔软的卷须，攀住一根缘引它的绳索，或一茎枯枝，看它怎样舒开折叠着的嫩叶，渐渐变青，渐渐变老，我细细观赏它纤细的脉络，嫩芽，我以揠苗助长的心情，巴不得它长得快，长得茂绿。下雨的时候，我爱它淅沥的声音，婆娑的摆舞。

忽然有一种自私的念头触动了我。我从破碎的窗口伸出手去，把两枝浆液丰富的柔条牵进我的屋子里来，教它伸长到我的书案上，让绿色和我更接近，更亲密。我拿绿色来装饰我这简陋的房间，装饰我过于抑郁的心情。我要借绿色来比喻葱茏的爱和幸福，我要借绿色来比喻猗郁的年华。

绿的枝条悬垂在我的案前了，它依旧伸长，依旧攀缘，依旧舒放，并且比在外边长得更快。我好像发现了一种“生的欢喜”，超过了任何种的喜悦。从前我有个时候，住在乡间的一所草屋里，地面是新铺的泥土，未除净的草根在我的床下茁出嫩绿的一芽苗，草菌在地角上生长，我不忍加以剪除。后来一个友人一边说一边笑，替我拔去这些野草，我心里还引为可惜，倒怪他多事似的。

可是每天在早晨，我起来观看这被幽囚的“绿友”时，它的尖端总朝着窗外的方向。甚至于一枚细叶，一垄卷须，都朝原来的方向。植物是多固执啊！它不了解我对它的爱抚，我对它的善意。我为了这永远向着阳光生长的植物不快，因为它损害了我的自尊心。可是我系住它，仍旧让柔弱的枝叶垂在我的案前。

它渐渐失去了青苍的颜色，变成柔绿，变成嫩黄，枝条变成细瘦，变成娇弱，好像病了的孩子。我渐渐不能原谅我自己的过失，把天空底下的植物移锁到暗黑的室内；

我渐渐为这病损的枝叶可怜，虽则我恼怒它的固执，无亲热，我仍旧不放走它。魔念在我心中生长了。

我原是打算七月尾就回南去的。我计算着我的归期，计算这“绿友”出牢的日子。在我离开的时候，便是它恢复自由的时候。

卢沟桥事件发生了。担心我的朋友电催我赶速南归。我不得不变更我的计划，在七月中旬，不能再流连于烽烟四逼中的旧都，火车已经断了数天，我每日须得留心开车的消息。终于在一天早晨候到了。临行时我珍重地开释了这永不屈服于黑暗的囚人。我把瘦黄的枝叶放在原来的位置上，向它致诚意的祝福，愿它繁茂苍绿。

离开北平一年了。我怀念着我的圆窗和绿友。有一天，得重和它们见面的时候，会和我面生吗？

蝉与纺织娘

郑振铎

你如果有福气独自坐在窗内，静悄悄的没一个人来打扰你，一点钟，两点钟的过去，嘴里衔着一支烟，躺在沙发上慢慢地喷着烟云，看它一白圈一白圈地升上，那么在这静境之内，你便可以听到那墙角阶前的鸣虫的奏乐。

那鸣虫的作响，真不是凡响；如果你曾听见过曼杜令的低奏，你曾听见过一支洞箫在月下湖上独吹着；你曾听见过红楼的重幔中透漏出的弦管声，你曾听见过流水淙淙的由溪石间流过，或你曾倚在山阁上听着飒飒的松风在足下拂过，那么，你便可以把那如何清幽的鸣虫之叫声想象到一二了。

虫之乐队，因季候的关系而颇不同，夏天与秋令的虫声，便是截然的两样。蝉之声是高旷的，享乐的，带着自己满足之意的；它高高地栖在梧桐树或竹枝上，迎风而唱，那是生之歌，生之盛年之歌，那是结婚曲，那是中世纪武士美人的大宴时的行吟诗人之歌。无论听了那叽——叽——的曼长声，或叽格——叽格——的较短声，都可同样地受到一种轻快的美感。秋虫的鸣声最复杂。但无论纺织娘的咭嘎，蟋蟀的唧唧，金铃子之叮令，还有无数无数不可名状的秋虫之鸣声，其声调之凄抑却都是一样的；它们唱的是秋之歌，是暮年之歌，是薤露之曲。它们的歌声，是如秋风之扫落叶，怨妇之奏琵琶，孤峭而幽奇，清远而凄迷，低徊而愁肠百结。你如果是一个孤客，独宿于荒郊逆旅，一盏荧荧的油灯，对着一张板床，一张木桌，一二张硬板凳，再一听见四壁唧唧知知的虫声间作，那你今夜便不用再想稳稳地安睡了，什么愁情，乡思，以及人生之悲感，都会一串一串地从根儿勾引起来，在你心上翻来覆去，如白老鼠在戏笼中走轮盘一般，一上去便不用想下来憩息。如果你不是一个客人，你有家庭，你有很好的太太，你并没有什么闲愁胡想，那么，在你太太已睡之后，你想在书房中静静地写些东西时，这唧唧的秋虫之声却也会无端地窜入你的心里，翻掘起你向不曾有过的一种凄感呢。如果那一夜是一个月夜，天井里统是银白色，枯秃的树影，一根一条的很清朗地印在地上，那么你的感触将更深了。那也许就是所谓悲秋。

秋虫之声，大都在蝉之夏曲已告终之后出现，那正与气候之寒暖相应。但我却有一次奇异的经验；在无数的纺织娘之鸣声已来了之后，却又听得满耳的蝉声。我想我们的读者中有这种经验的人是必不多的。

我在山中，每天听见的只有蝉声，鸟声还比不上。那时天气是很热，即在山上，也觉得并不凉爽。正午的时候，躺在廊前的藤榻上，要求一点的凉风，却见满山的竹树梢头，一动也不动，看看足底下的花草，也都静静地站着，如老僧入了定似的。风扇之类既得不到，只好不断地用手巾来拭汗，不断地在摇挥那纸扇了。在这时候，往往有几缕的蝉声在槛外鸣奏着。闭了目，静静地听了它们在忽高忽低，忽断忽续，此唱彼和，仿佛是一大阵绝清幽的乐队在那里奏着绝清幽的曲子，炎热似乎也减少了，然后，朦胧地朦胧地睡去了，什么都不觉得。良久，良久，清梦醒来时，却又是满耳的蝉声。山中的蝉真多！绝早的清晨，老妈子们和小孩子们常去抱着竹竿乱摇一阵，而一只二只的蝉便要跟随了朝露而落到地上了。每一个早晨，在我们滴翠轩的左近，至少是百只以上之蝉是这样的被捉。但蝉声并不减少。

常常的，一只蝉两只蝉，叽的一声，飞入房内，如平时我们所见的青油虫及灯蛾之飞入一样。这也是必定被人所捉的。有一天，见有什么东西在槛外倒水的铅斗中咯笃咯笃地作响，俯身到槛外一看，却又是一只蝉，这当然又是一个俘虏了。还有好几次，在山脊上走时，忽见矮林丛中有什么东西在动，拨开林丛一看，却也是一只蝉。它是被竹枝竹叶挡阻住了不能飞去。我把它拾在手中。同行的心南先生说："这有什么稀奇，放走了它吧。要多少还怕没有！"我便顺手把它向风中一送，它悠悠扬扬地飞去很远很远，渐渐地不见了。我想不到这只蝉就是刚才在地上拾了来的那一只！

初到时，颇想把它们捉几个寄上海去送送人。有一次，便托了老妈子去捉。她在第二天一早，果然捉了五六只来放在一个大香烟纸盒中，不料给依真一见，她却吵着，带强迫地要去。我又托那个老妈子去捉。第二天，又捉了四五只来，依真的纸盒中却只剩下两只活的，其余的都死了。到了晚上，我的几只，也死了一半。因此，寄到上海的计划遂根本的打消了。从此以后，便也不再托人去捉，自己偶然捉来的，也都随手地放去了。那样不经久的东西，留下了它干什么用！不过孩子们却还热心地去捉。依真每天要捉至少三只以上用细绳子缚在铁杆上。有一次，曾有一只蝉居然带了红绳子逃去了；很长的一根红绳子，拖在它后面，在风中飘荡着，很有趣味。

半个月过去了；有的时候，似乎蝉声略少，第二天却又多了起来。虽然是叽——叽——地不息地鸣着，却并不觉喧扰；所以大家都不讨厌它们。我却特别地爱听它们的歌唱，那样的高旷清远的调子，在什么音乐会中可以听得到！所以我每以蝉声将绝为虑，时时地干涉孩子们的捕捉。

到了一夜，狂风大作，雨点如从水龙头上喷出似的，向槛内廊上倾倒。第二天还不放晴。再过一天，晴了，天气却很凉，蝉声乃不再听见了！全山上在鸣唱着的却换了一种咭嘎——咭嘎——的急促而凄楚的调子，那是纺织娘。

“秋天到了。”我这样的说着，颇动了归心。

再一天，纺织娘还是咭嘎咭嘎地唱着。

然而，第三天早晨，当太阳晒得满山时，蝉声却又听见了！且很不少。我初听不信；叽——叽——叽格——叽格……那确是蝉声！纺织娘之声却又潜踪了。

蝉回来了，跟它回来的是炎夏。从箱中取出的棉衣又复入箱中。下山之计遂又打消了。

谁曾于听了纺织娘歌声之后再听见蝉的夏曲呢？这是我的一个有趣的经验。

扬州的夏日

朱自清

扬州从隋炀帝以来，是诗人文士所称道的地方；称道的多了，称道得久了，一般人便也随声附和起来。直到现在，你若向人提起扬州这个名字，他会点头或摇头说：好地方！好地方！特别是没去过扬州而念过些唐诗的人，在他心里，扬州真像蜃楼海市一般美丽；他若念过《扬州画舫录》一类书，那更了不得了。但在一个久住扬州像我的人，他却没有那么多美丽的幻想，他的憎恶也许掩住了他的爱好；他也许离开了三四年并不去想它。若是想呢——你说他想什么？女人；不错，这似乎也有名，但怕不是现在的女人吧？——他也只会想着扬州的夏日，虽然与女人仍然不无关系的。

北方和南方一个大不同，在我看，就是北方无水而南方有。诚然，北方今年大雨，永定河，大清河甚至决了堤防，但这并不能算是有水；北平的三海和颐和园虽然有点儿水，但太平衍了，一览而尽，船又那么笨头笨脑的。有水的仍然是南方。扬州的夏日，好处大半便在水上——有人称为瘦西湖，这个名字真是太瘦了，假西湖之名以行，雅得这样俗，老实说，我是不喜欢的。下船的地方便是护城河，曼衍开去，曲曲折折，直到平山堂——这是你们熟悉的名字，有七八里河道，还有许多杈杈桠桠的支流。这条河其实也没有顶大的好处，只是曲折而有些幽静，和别处不同。

沿河最著名的风景是小金山，法海寺，五亭桥；最远的便是平山堂了。金山你们是知道的，小金山却在水中央。在那里望水最好，看月自然也不错——可是我还不曾有过那样福气。下河的人十之九是到这儿的，人不免太多些。法海寺有一个塔，和北海的一样，据说是乾隆皇帝下江南，盐商们连夜督促匠人造成的。法海寺著名的自然是这个塔；但还有一桩，你们猜不着，是红烧猪头。夏天吃红烧猪头，在理论上也许不甚相宜；可是在实际上，挥汗吃着，倒也不坏的。五亭桥如名字所示，是五个亭子的桥。桥是拱形，中一亭最高，两边四亭，参差相称；最宜远看，或看影子，也好。桥洞颇多，乘小船穿来穿去，另有风味。平山堂在蜀冈上。登堂可见江南诸山淡淡的轮廓；“山色有无中”一句话，我看是恰到好处，并不算错。这里游人较少，闲坐在堂上，可以咏日。沿路光景，也以闲寂胜。从天宁门或北门下船。蜿蜒的城墙，在水里倒映着苍黝的影子，小船悠然地撑过去，岸上的喧扰像没有似的。

船有三种：大船专供宴游之用，可以挟妓或打牌。小时候常跟了父亲去，在船里听着谋得利洋行的唱片。现在这样的乘船大概少了吧？其次是“小划子”，真像一瓣西瓜，由一个男人或女人用竹篙撑着。乘的人多了，便可雇两只，前后用小凳子跨着：这也可算得“方舟”了。后来又有一种“洋划”，比大船小，比小划子大，上支布篷，可以遮日遮雨。洋划渐渐地多，大船渐渐地少，然而小划子总是有人要的。这不独因为价钱最贱，也因为它的伶俐。一个人坐在船中，让一个人站在船尾上用竹篙一下一下地撑着，简直是一首唐诗，或一幅山水画。而有些好事的少年，愿意自己撑船，也非小划子不行。小划子虽然便宜，却也有些分别。譬如说，你们也可想到的，女人撑船总要贵些；姑娘撑的自然更要贵啰。这些撑船的女子，便是有人说过的瘦西湖上的船娘。船娘们的故事大概不少，但我不很知道。据说以乱头粗服，风趣天然为胜；中年而有风趣，也仍然算好。可是起初原是逢场作戏，或尚不伤廉惠；以后居然有了价格，便觉意味索然了。

北门外一带，叫作下街，茶馆最多，往往一面临河。船行过时，茶客与乘客可以随便招呼说话。船上人若高兴时，也可以向茶馆中要一壶茶，或一两种小笼点心，在河中喝着，吃着，谈着。回来时再将茶壶和所谓小笼，连价款一并交给茶馆中人。撑船的都与茶馆相熟，他们不怕你白吃。

扬州的小笼点心实在不错：我离开扬州，也走过七八处大大小小的地方，还没有吃过那样好的点心；这其实是值得惦记的。茶馆的地方大致总好，名字也颇有好的。如香影廊，绿杨村，红叶山庄，都是到现在还记得的。绿杨村的幌子，挂在绿杨树上，随风飘展，使人想起“绿杨城郭是扬州”的名句。里面还有小池，丛竹，茅亭，景物最幽。这一带的茶馆布置都历落有致，迥非上海、北平方方正正的茶楼可比。

下河总是下午。傍晚回来，在暮霭朦胧中上了岸，将大褂折好搭在腕上，一手微微摇着扇子；这样进了北门或天宁门走回家中。这时候可以念又得浮生半日闲那一句诗了。

江南的冬景

郁达夫

凡在北国过过冬天的人，总都道围炉煮茗，或吃涮羊肉、剥花生米、饮白干的滋味。而有地炉、暖炕等设备的人家，不管它门外面是雪深几尺，或风大若雷，而躲在屋里过活的两三个月的生活，却是一年之中最有劲的一段蛰居异境；老年人不必说，就是顶喜欢活动的小孩子们，总也是个个在怀恋的，因为当这中间，有的萝卜、雅儿梨等水果的闲食，还有大年夜、正月初一元宵等热闹的节期。

但在江南，可又不同；冬至过后，大江以南的树叶，也不至于脱尽。寒风——西北风——间或吹来，至多也不过冷了一日两日。到得灰云扫尽，落叶满街，晨霜白得像黑女脸上的脂粉似的清早，太阳一上屋檐，鸟雀便又在吱叫，泥地里便又放出水蒸气来，老翁小孩就又可以上门前的隙地里去坐着曝背谈天，营屋外的生涯了；这一种江南的冬景，岂不也可爱得很吗？

我生长在江南，儿时所受的江南冬日的印象，铭刻特深；虽则渐入中年，又爱上了晚秋，以为秋天正是读读书，写写字的人的最惠节季，但对于江南的冬景，总觉得是可以抵得过北方夏夜的一种特殊情调，说得摩登些，便是一种明朗的情调。

我也曾到过闽粤，在那里过冬天，和暖原极和暖，有时候到了阴历的年边，说不定还不得不拿出纱衫来着；走过野人的篱落，更还看得见许多杂七杂八的秋花！一番阵雨雷鸣过后，凉冷一点，至多也只好换上一件夹衣，在闽粤之间，皮袍棉袄是绝对用不着的；这一种极南的气候异状，并不是我所说的江南的冬景，只能叫它作南国的长春，是春或秋的延长。

江南的地质丰腴而润泽，所以含得住热气，养得住植物；因而长江一带，芦花可以到冬至而不败，红叶也有时候会保持得三个月以上的生命。像钱塘江两岸的乌桕树，则红叶落后，还有雪白的桕子着在枝头，一点一丛，用照相机照将出来，可以乱梅花之真。草色顶多成了赭色，根边总带点绿意，非但野火烧不尽，就是寒风也吹不倒的。若遇到风和日暖的午后，你一个人肯上冬郊去走走，则青天碧落之下，你不但感不到岁时的肃杀，并且还可以饱觉着一种莫名其妙的含蓄在那里的生气；“若是冬天来了，春天也总马上会来”的诗人的名句，只有在江南的山野里，最容易体会得出。

说起了寒郊的散步，实在是江南的冬日，所给予江南居住者的一种特异的恩惠；在北方的冰天雪地里生长的人，是终他的一生，也决不会有享受这一种清福的机会的。我不知道德国的冬天，比起我们江浙来如何，但从许多作家的喜欢以Spaziergang（散步）一字来做他们的创造题目的一点看来，大约是德国南部地方，四季的变迁，总也和我们的江南差仿不多。譬如说十九世纪的那位乡土诗人洛在格（Peter Rosegger，1843—1918）罢，他用这一个“散步”做题目的文章尤其写得多，而所写的情形，却又是大半可以拿到中国江浙的山区地方来适用的。

江南河港交流，且又地滨大海，湖沼特多，故空气里时含水分；到得冬天，不时也会下着微雨，而这微雨寒村里的冬霖景象，又是一种说不出的悠闲境界。你试想想，秋收过后，河流边三五家人家会聚在一道的一个小村子里，门对长桥，窗临远阜，这中间又多是树枝槎丫的杂木树林；在这一幅冬日农村的图上，再洒上一层细得同粉也似的白雨，加上一层淡得几不成墨的背景，你说还够不够悠闲？若再要点景致进去，则门前可以泊一只乌篷小船，茅屋里可以添几个喧哗的酒客，天垂暮了，还可以加一味红黄，在茅屋窗中画上一圈暗示着灯光的月晕。人到了这一个境界，自然会得胸襟洒脱起来，终至于得失俱亡，死生不问了；我们总该还记得唐朝那位诗人作的“暮雨潇潇江上树”

的一首绝句罢？诗人到此，连对绿林豪客都客气起来了，这不是江南冬景的迷人又是什么？

一提到雨，也就必然地要想到雪：“晚来天欲雪，能饮一杯无？”自然是江南日暮的雪景。“寒沙梅影路，微雪酒香村”，则雪月梅的冬宵三友，会合在一道，在调戏酒姑娘了。“柴门闻犬吠，风雪夜归人”，是江南雪夜，更深人静后的景况。“前村深雪里，昨夜一枝开”，又到了第二天的早晨，和狗一样喜欢弄雪的村童来报告村景了。诗人的诗句，也许不尽是在江南所写，而作这几句诗的诗人，也许不尽是江南人，但假了这几句诗来描写江南的雪景，岂不直截了当，比我这一支愚劣的笔所写的散文更美丽得多？

有几年，在江南，在江南也许会没有雨没有雪地过一个冬，到了春间阴历的正月底或二月初再冷一冷会下一点春雪的；去年（一九三四年）的冬天是如此，今年的冬天恐怕也不得不然，以节气推算起来，大约太冷的日子，将在一九三六年的二月尽头，最多也总不过是七八天的样子。像这样的冬天，乡下人叫作旱冬，对于麦的收成或者好些，但是人口却要受到损伤；旱得久了，白喉、流行性感冒等疾病自然容易上身，可是想恣意享受江南的冬景的人，在这一种冬天，倒只会得到快活一点，因为晴和的日子多了，上郊外去闲步逍遥的机会自然也多；日本人叫作 Hiking，德国人叫作 Spaziergang 狂者，所最欢迎的也就是这样的冬天。

窗外的天气晴朗得像晚秋一样；晴空的高爽，日光的洋溢，引诱得使你在房间里坐不住，空言不如实践，这一种无聊的杂文，我也不再想写下去了，还是拿起手杖，搁下纸笔，上湖上散散步罢！

雪

鲁彦

美丽的雪花飞舞起来了。我已经有三年不曾见着它。

去年在福建，仿佛比现在更迟一点，也曾见过雪。但那是远处山顶的积雪，可不是飞舞着的雪花。在平原上，它只是偶然地随着雨点洒下来几颗。没有落到地面的时候，它的颜色是灰的，不是白色；它的重量像是雨点，并不会飞舞。一到地面，它立刻融成了水，没有痕迹，也未尝跳跃，也未尝发出悉率的声音，像江浙一带下雪子时的模样。这样的雪，在四十年来第一次看见它的老年的福建人，诚然能感到特别的意味，谈得津津有味，但在我，却总觉得索然。“福建下过雪”，我可没有这样想过。

我喜欢眼前飞舞着的上海的雪花。它才是“雪白”的白色，也才是花一样的美丽。它好像比空气还轻，并不从半空里落下来，而是被空气从地面卷起来的。然而它又像是活的生物，像夏天黄昏时候的成群的蚊蚋，像春天流蜜时期的蜜蜂，它的忙碌的飞翔，或上或下，或快或慢，或粘着人身，或拥入窗隙，仿佛自有它自己的意志和目的。它静默无声。但在它飞舞的时候，我们似乎听见了千百万人马的呼号和脚步声，大海的汹涌的波涛声，森林的狂吼声，有时又似乎听见了情人的窃窃的密语声，礼拜堂的平静的晚祷声，花园里的欢乐的鸟歌声……它所带来的是阴沉与严寒。但在它的飞舞的姿态中，我们看见了慈善的母亲，柔和的情人，活泼的孩子，微笑的花，温暖的太阳，静默的晚霞……它没有气息。但当它扑到我们面上的时候，我们似乎闻到了旷野间鲜洁的空气的气息，山谷中幽雅的兰花的气息，花园里浓郁的玫瑰的气息，清淡的茉莉花的气息……

在白天，它做出千百种婀娜的姿态；夜间，它发出银色的光辉，照耀着我们行路的人，又在我们的玻璃窗上札札地绘就了各式各样的花卉和树木，斜的，直的，弯的，倒的。还有那河流，那天上的云……

现在，美丽的雪花飞舞了。我喜欢，我已经有三年不曾见着它。我的喜欢有如四十年来第一次看见它的老年的福建人。

但是，和老年的福建人一样，我回想着过去下雪时候的生活，现在的喜悦就像这钻进窗隙落到我桌上的雪花似的，渐渐融化，而且立刻消失了。

记得某年在北京，一个朋友的寓所里，围着火炉，煮着全中国最好的白菜和面，喝着酒，剥着花生，谈笑得几乎忘记了身在异乡；吃得满面通红，两个人一路唱着，一路踏着吱吱地叫着的雪，踉跄地从东长安街的起头踱到西长安街的尽头，又忘记了正是异乡最寒冷的时候。这样的生活，和今天的一比，不禁使我感到惘然。上海的朋友们都像是工厂里的机器，忙碌得一刻没有休息；而在下雪的今天，他们又叫我一个人看守着永不会有人或电话来访问的房子。这是多么孤单、寂寞、乏味的生活。

“没有意思！”我听见过去的我对今天的我这样说了。正像我在福建的时候，对四十年来第一次看见雪的老年的福建人所说的一样。

但是，另一个我出现了。他是足以对看过去的北京的我射出骄傲的眼光来的我。这个我，某年在南京下雪的时候，曾经有过更快活的生活：雪落得很厚，盖住了一切的田野和道路。

我和我的爱人在一片荒野中走着。我们辨别不出路径来，也并没有终止的目的。我们只让我们的脚欢喜怎样就怎样。我们的脚常常欢喜踏在最深的沟里。我们未尝感到这是旷野，这是下雪的时节。我们仿佛是在花园里，路是平坦的，而且是柔软的。

我们未尝觉得一点寒冷，因为我们的心是热的。“没有意思！”我听见在南京的我对在北京的我这样说了。

正像在北京的我对着今天的我所说的一样，也正像在福建的我对着四十年来第一次看见雪的老年的福建人所说的一样。

然而，我还有一个更可骄傲的我在呢。这个我，是有过更快乐的生活的，在故乡：冬天的早晨，当我从被窝里伸出头来，感觉到特别的寒冷，隔着蚊帐望见天窗特别的阴暗，我就首先知道外面下了雪了。“雪落啦白洋洋，老虎拖娘娘……”这是我躺在被窝里反复地唱着的欢迎雪的歌。别的早晨，照例是母亲和姊姊先起床，等她们煮熟了饭，拿了火炉来，代我烘暖了衣裤鞋袜，才肯钻出被窝，但是在下雪天，我就有了最大的勇气。我不需要火炉，雪就是我的火炉。我把它捻成了团，捧着，丢着。我把它堆成了一个和尚，在它的口里，插上一支香烟。

我把它当作糖，放在口里。地上厚的积雪，是我的地毡，我在它上面打着滚，翻着筋斗。它在我的底下发出嗤嗤的笑声，我在它上面哈哈地回答着。我的心是和它合一的。我和它一样的柔和，和它一样的洁白。我同它到处跳跃，我同它到处飞跑着。

我站在屋外，我愿意它把我造成一个雪和尚，我躺在地上愿意它像母亲似的在我身上盖下柔软的美丽的被窝。我愿意随着它在空中飞舞。我愿意随着它落在人的肩上。我愿意雪就是我，我就是雪。我年轻。我有勇气。我有最宝贵的生命的力。我不知道忧虑，不知道苦恼和悲哀……

“没有意思！你这老年人！”我听见幼年的我对着过

去的那些我这样说了。正如过去的那些我骄傲地对别个所说的一样。

不错，一切的雪天的生活和幼年的雪天的生活一比，过去和现在的喜悦是像这钻进窗隙落到我桌上的雪花一样，渐渐融化，而且立刻消失了。

然而对着这时穿着一袭破单衣，站在屋角里发抖的或竟至于僵死在雪地上的穷人，则我的幼年时候快乐的雪天生活的意义,又如何呢？这个他对着这个我,不也在说着“没有意思！”的话吗？

而这个死有完肤的他，对着这时正在零度以下的长城下，捧着冻结了的机关枪，即将被炮弹打成雪片似的兵士，则其意义又将怎样呢？“没有意思！”这句话,该是谁说呢？

天呵，我不能再想了。人间的欢乐无平衡，人间的苦恼亦无边限。世界无终极之点，人类亦无末日之时。我既生为今日的我,为什么要追求或留念今日的我以外的我呢？今日的我虽说是寂寞的孤单的看守着永没有人或电话来访问的房子，但既可以安逸地躲在房子里烤着火，避免风雪的寒冷；又可以隔着玻璃，诗人一般的静默地鉴赏着雪花飞舞的美的世界，不也是足以自满的吗？

抓住现实。只有现实是最宝贵的。

眼前雪花飞舞着的世界，就是最现实的现实。

看呵！美丽的雪花在飞舞着呢。这就是我三年来相思着而不能见到的雪花。

父亲的玳瑁

鲁彦

在墙脚跟刷然溜过的那黑猫的影，又触动了我对于父亲的玳瑁的怀念。净洁的白毛的中间，夹杂些淡黄的云霞似的柔毛，恰如透明的妇人的玳瑁首饰的那种猫儿，是被称为“玳瑁猫”的。我们家里的猫儿正是那一类，父亲就给了它“玳瑁”这个名字。

在近来的这一匹玳瑁之前，我们还曾有过另外的一匹。它有着同样的颜色，得到了同样的名字，同是从我姊姊家里带来，一样地为我们所爱。但那是我不幸的妹妹的玳瑁，它曾经和她盘桓了十二年的岁月。而现在的这一匹，是属于父亲的。

它什么时候来到我们家里，我不很清楚，据说大约已有三年光景了。父亲给我的信，从来不曾提过它。在他的理智中，仿佛以为玳瑁毕竟是一匹小小的兽，比不上任何的家事，足以通知我似的。

但当我去年回到家里的时候，我看到了父亲和玳瑁的感情了。每当厨房的碗筷一搬动，父亲在后房餐桌边坐下的时候，玳瑁便在门外“咪咪”地叫了起来。这叫声是只有两三声，从不多叫的。它仿佛在问父亲，可不可以进来似的。

于是父亲就说了，完全像对什么人说话一样：“玳瑁，这里来！”

我初到的几天，家里突然增多了四个人，在玳瑁似乎感觉到热闹与生疏的恐惧，常不肯即刻进来。

“来吧，玳瑁！”父亲望着门外，不见它进来，又说了。但是玳瑁只回答了两声“咪咪”，仍在门外徘徊着。

“小孩一样，看见生疏的人，就怕进来了。”父亲笑着对我们说。但是过了一会，玳瑁在大家的不注意中，已经跃上了父亲的膝上。

“哪，在这里了。”父亲说。

我们弯过头去看，它伏在父亲的膝上，睁着略带惧怯的眼望着我们，仿佛预备逃遁似的。

父亲立刻理会它的感觉，用手抚摩着它的颈背，说：“困吧，玳瑁。”一面他又转过来对我们说：“不要多看它，它像姑娘一样的呢。”

我们吃着饭，玳瑁从不跳到桌上来，只是静静地伏在父亲的膝上。有时鱼腥的气息引诱了它，它便偶尔伸出半个头来望了一望，又立刻缩了回去。它的脚不肯触着桌。这是它的规矩，父亲告诉我们说，向来是这样的。父亲吃完饭，站起来的时候，玳瑁便先走出门外去。它知道父亲要到厨房里去给它预备饭了。那是真的，父亲从来不曾忘记过，他自己一吃完饭，便去添饭给玳瑁的。玳瑁的饭每次都有鱼或鱼汤拌着。父亲自己这几年来对于鱼的滋味据说有点厌，但即使自己不吃，他总是每次上街去，给玳瑁带了一些鱼来，而且给它储存着的。

白天，玳瑁常在储藏东西的楼上，不常到楼下的房子里来。但每当父亲有什么事情将要出去的时候，玳瑁像是在楼上看着的样子，便溜到父亲的身边，绕着父亲的脚转了几下，一直跟父亲到门边。父亲回来的时候，它又像是在什么地方远远望着，静静地倾听着的样子，待父亲一跨进门限，它又在父亲的脚边了。它并不时时刻刻跟着父亲，但父亲的一举一动，父亲的进出，它似乎时刻在那里留心着。

晚上，玳瑁睡在父亲的脚后的被上，陪伴着父亲。

我们回家后，父亲换了一个寝室。他现在睡到弄堂门外一间从来没有人去的房子里了。

玳瑁有两夜没有找到父亲，只在原地方走着，叫着。它第一夜跳到父亲的床上，发现睡着的是我们，便立刻跳了出去。

正是很冷的天气。父亲惦念着玳瑁夜里受冷，说它恐怕不会想到他会搬到那样冷落的地方去的，而且晚上弄堂门又关得很早。

但是第三天的夜里，父亲一觉醒来，玳瑁已在床上睡着了，静静的，“咕咕”念着猫经。

半个月后，玳瑁对我也渐渐熟了。它不复躲避我。当它在父亲身边的时候，我伸出手去，轻轻抚摩着它的颈背。它伏着不动。然而它从不自己走近我。我叫它，它仍不来。就是母亲，她是永久和父亲在一起的，它也不肯走近她。父亲呢，只要叫一声“玳瑁”，甚至咳嗽一声，它便不晓得从什么地方溜出来了，而且绕着父亲的脚。

有两次玳瑁到邻居家去游走，忘记了吃饭。我们大家叫着“玳瑁玳瑁”，东西寻找着，不见它回来。父亲却猜到它哪里去了。他拿着玳瑁的饭碗走出门外，用筷子敲着，只喊了两声“玳瑁”，玳瑁便从很远的邻屋上走来了。“你的声音像格外不同似的，”母亲对父亲说，“只消叫两声，又不大，它便老远的听见了。”

“是哪，它只听我管的哩。”

对于寂寞地度着残年的老人，玳瑁所给予的是儿子和孙子的安慰，我觉得。

六月四日的早晨，我带着战栗的心重到家里，父亲只躺在床上远远地望了我一下，便疲倦地合上了眼皮。我悲苦地牵着他的手在我的面上抚摩。他的手已经有点生硬，不复像往日柔和地抚摩玳瑁的颈背那么自然。据说在头一天的下午，玳瑁曾经跳上他的身边，悲鸣着，父亲还很自然地抚摩着它亲密地叫着“玳瑁”。而我呢，已经迟了。

从这一天起，玳瑁便不再走进父亲的以及和父亲相连的我们的房子。我们有好几天没有看见玳瑁的影子。我代替了父亲的工作，给玳瑁在厨房里备好鱼拌的饭，敲着碗，叫着“玳瑁”。玳瑁没有回答，也不出来。母亲说，这几天家里人多，闹得很，它该是躲在楼上怕出来的。于是我把饭碗一直送到楼上。然而玳瑁仍没有影子。过了一天，碗里的饭照样地摆在楼上，只饭粒干瘪了一些。

玳瑁正怀着孕，需要好的滋养。一想到这，大家更其焦虑了。

第五天早晨，母亲才发现给玳瑁在厨房预备着的另一只饭碗里的饭略略少了一些。大约它在没有人的夜里走进了厨房。它应该是非常饥饿了。然而仍像吃不下的样子。

一星期后，家里的亲友渐渐少了。玳瑁仍不大肯露面。无论谁叫它，都不答应，偶然在楼梯上溜过的后影，显得憔悴而且瘦削，连那怀着孕的肚子也好像小了一些似的。

一天一天家里愈加冷静了。满屋里主宰着静默的悲哀。一到晚上，人还没有睡，老鼠便吱吱叫着活动起来，甚至我们房间的楼上也在叫着跑着。玳瑁是最会捕鼠的。当去年我们回家的时候，即使它跟着父亲睡在远一点的地方，我们的房间里从没有听见过老鼠的声音，但现在玳瑁就睡在隔壁的楼上，也不过问了。我们毫不埋怨它。我们知道它所以这样的原因。

可怜的玳瑁。它不能再听到那熟识的亲密的声音，不能再得到那慈爱的抚摩，它是在怎样的悲伤呵！

三星期后，我们全家要离开故乡。大家预先就在商量，怎样把玳瑁带出来。但是离开预定的日子前一星期，玳瑁生了小孩了。我们看见它的肚子松瘪着。

怎样可以把它带出来呢？

然而为了玳瑁，我们还是不能不带它出来。我们家里的门将要全锁上。邻居们不会像我们似的爱它，而且大家全吃着素菜，不会舍得买鱼饲它。单看玳瑁的脾气，连对于母亲也是冷淡淡的，决不会喜欢别的邻居。

我们还是决定带它一道来上海。

它生了几个小孩，什么样子，放在哪里，我们虽然极想知道，却不敢去惊动玳瑁。我们预定在饲玳瑁的时候，先捉到它，然后再寻觅它的小孩。因为这几天来，玳瑁在吃饭的时候，已经不大避人，捉到它应该是容易的。但是两天后，我们十几岁的外甥遏抑不住他的热情了。不知怎样，玳瑁的孩子们所在的地方先被他很容易地发见了。它们原来就在楼梯门口，一只半掩着的糠箱里。玳瑁和它的小孩们就住在这里，是谁也想不到的。外甥很喜欢，叫大家去看。玳瑁已经溜得远远地在惧怯地望着。

我们想，既然玳瑁已经知道我们发觉了它的小孩的住所，不如便先把它的小孩看守起来，因为这样也可以引诱玳瑁的来到，否则它会把小孩衔到更没有人晓得的地方去的。

于是我们便做了一个更安适的窠，给它的小孩们，携进了以前父亲的寝室，而且就在父亲的床边。

那里是四个小孩，白的，黑的，黄的，玳瑁的，都还没有睁开眼睛。贴着压着，钻做一团，肥圆的。捉到它们的时候，偶然发出微弱的老鼠似的吱吱的鸣声。

“生了几只呀？”母亲问着。

“四只。”

“嗨，四只！怪不得！扛了你父亲的棺材，不要再扛我的呢！”母亲叹息着，不快活地说。

大家听着这话,愣住了。“把它们丢出去！”外甥叫着说，但他同时却又喜悦地抚摩着玳瑁的小孩们，舍不得走开。

玳瑁现在在楼上寻觅了，它大声地叫着。

“玳瑁，这里来，在这里。”我们学着父亲仿佛对人说话似的叫着玳瑁说。

但是玳瑁像只懂得父亲的话，不能了解我们说什么。它在楼上寻觅着，在弄堂里寻觅着，在厨房里寻觅着，可不走进以前父亲天天夜里带着它睡觉的房子。我们有时故意作弄它的小孩们，使它们发出微弱的鸣声。玳瑁仍像没有听见似的。

过了一会，玳瑁给我们女工捉住了。它似乎饿了，走到厨房去吃饭，却不防给她一手捉住了颈背的皮。

“快来！快来！捉住了！”她大声叫着。

我扯了早已预备好的绳圈，跑出去。

玳瑁大声地叫着，用力地挣扎着。待至我伸出手去，还没抱住玳瑁，女工的手一松，玳瑁溜走了。

它再不到厨房里去，只在楼上叫着，寻觅着。

几点钟后，我们只得把玳瑁的小孩们送回楼上。它们显然也和玳瑁似的在忍受着饥饿和痛苦。

玳瑁又静默了，不到十分钟，我们已看不见它的小孩们的影子。现在可不必再费气力，谁也不会知道它们的所在。

有一天一夜，玳瑁没有动过厨房里的饭。以后几天，它也只在夜里，待大家睡了以后到厨房里去。

我们还想设法带玳瑁出来，但是母亲说：

“随它去吧，这样有灵性的猫，哪里会不晓得我们要离开这里。要出去自然不会躲开的。你们看它，父亲过世以后，再也不忍走进那两间房里，并且几天没有吃饭，明明在非常地伤心。现在怕是还想在这里陪伴你们父亲的灵魂呢。它原是你父亲的。”

我们只好随玳瑁自己了。它显然比我们还舍不得父亲，舍不得父亲所住过的房子，走过的路以及手所抚摸过的一切。父亲的声音，父亲的形象，父亲的气息，应该都还很深刻地萦绕在它的脑中。

可怜的玳瑁，它比我们还爱父亲！然而玳瑁也太凄惨了。

以后还有谁再像父亲似的按时给它好的食物，而且慈爱地抚摩着它，像对人说话似的一声声地叫它呢？离家的那天早晨，母亲曾给它留下了许多给孩子吃的稀饭在厨房里。门虽然锁着，玳瑁应该仍然晓得走进去。邻居们也曾答应代我们给它饲料。然而又怎能和父亲在的时候相比呢？

现在距我们离家的时候又已一月多了。玳瑁应该很健康着，它的小孩们也该是很活泼可爱了吧？

我希望能再见到和父亲的灵魂永久同在着的玳瑁。

图书在版编目（CIP）数据

睡到人间饭熟时 / 史铁生等著． -- 北京 : 北京联合出版公司，2025. 3. -- ISBN 978-7-5596-8163-8

I. I266

中国国家版本馆 CIP 数据核字第 2024JX2465 号

睡到人间饭熟时

作　　者：史铁生 等
出 品 人：赵红仕
责任编辑：周杨
策划编辑：韩城建
特约编辑：刘小旋
装帧设计：郭璐
内文排版：张景莹

北京联合出版公司出版

（北京市西城区德外大街 83 号楼 9 层　100088）

北京长江新世纪文化传媒有限公司发行

天津盛辉印刷有限公司印刷　新华书店经销

字数 160 千字　880 毫米 ×1230 毫米　1/32　8.75 印张

2025 年 3 月第 1 版　2025 年 3 月第 1 次印刷

ISBN 978-7-5596-8163-8

定价：56.00 元
